北欧
文学译丛

萤火虫的爱情

伊瓦尔·洛－约翰松中短篇小说集

Lysmaskarnas kärlek

Valda verk av Ivar Lo-Johanssons noveller

Ivar Lo-Johansson

[瑞典] 伊瓦尔·洛-约翰松　著

石琴娥　译

中国国际广播出版社

图书在版编目（CIP）数据

萤火虫的爱情：伊瓦尔·洛-约翰松中短篇小说集 /（瑞典）伊瓦尔·洛-约翰松著；石琴娥译.—北京：中国国际广播出版社，2022.9（2024.1重印）

（北欧文学译丛）

ISBN 978-7-5078-5209-7

Ⅰ.①萤… Ⅱ.①伊…②石… Ⅲ.①中篇小说－小说集－瑞典－现代②短篇小说－小说集－瑞典－现代 Ⅳ.① I532.45

中国版本图书馆CIP数据核字（2022）第166199号

著作权合同登记号 01-2023-0733

萤火虫的爱情——伊瓦尔·洛-约翰松中短篇小说集

总 策 划	张宇清　田利平
策 划	张娟平　凭 林
著 者	［瑞典］伊瓦尔·洛-约翰松
译 者	石琴娥
责任编辑	筴学婧
校 对	张 娜
封面设计	赵冰波

出版发行	中国国际广播出版社有限公司 ［010-89508207（传真）］
社 址	北京市丰台区榴乡路88号石榴中心2号楼1701
	邮编：100079
印 刷	天津鑫恒彩印刷有限公司

开 本	880×1230　1/32
字 数	140千字
印 张	6.5
版 次	2023 年 4 月 北京第一版
印 次	2024 年 1 月 第二次印刷
定 价	56.00元

绚丽多姿的"北极光"

——为"北欧文学译丛"作的序言

石琴娥

2017 年的春天来得特别地早，刚进入 3 月没有几天，楼下院子里的白玉兰已经怒放，樱花树也已经含苞待放了。就在这样春光明媚、怡人的日子里，我收到中国国际广播出版社文史编辑部主任张娟平女士打来的电话，想让我来主编一套当代北欧五国的文学丛书，拟以长篇小说为主，兼选一些少量有代表性的短篇小说、诗歌等，篇目为 50 部左右。不久之后，中国国际广播出版社负责人和张娟平主任又郑重其事地来到寒舍，对我说，他们想做一套有规模、有品位的北欧文学丛书，希望能得到我的支持，帮助他们挑选书目、遴选译者，并担任该丛书的主编。

大家知道，随着电子阅读器和智能手机的普及，越来越多的人通过电子设备来阅读书籍。在目前的网络和数码时代，出现了网络文学、有声书和电子书，甚至还出现了人工智能创作的作品，纸质书籍受到极大冲击，出版纸质书籍遇到了很大困难。有的出版社也让我推荐过北欧作品，但大都是一本或两本而已，还有的出版社希望我推荐已经过版权期的作品，以此来节省一些成本。而中国国际广播出版社却希望出版以当代为主的作品，规模又如此之大，而且总编辑又亲临寒舍来说明他们的出版计划和缘由，我被他们的执着精神和认真态度所感动，更被他们追求精神品位的人文热情所感动。我佩服出版社的魄力和勇气。面对他们的热情和宝贵的执着精神，我怎能拒绝，当然应该义不容辞地和他们一起合作，高质量、高品位地出好这套丛书。

大家也许都注意到，在近二三十年世界各国现代化状况的各类排行榜上，无论是幸福指数，还是 GDP 或者是人均总收入，还是环境保护或者宜居程度，从受教育程度和质量、医疗保障到养老、失业等社会保障，还有从男女平等到无种族歧视，等等，北欧五国莫不居于世界最前列，或者轮流坐庄拿冠夺魁，或是统统包圆儿前三名，可以无须夸张地说，北欧五国在许多方面实际上超过了当今世界霸主美国，而居于当今世界发达国家最前列，成为世界现代化发展中的又一类模式。

大家一般喜欢把世界文学比作一座大花园，各个时期涌现出来的不同流派中的众多作家和作品犹如奇花异葩，争妍斗艳。北欧文学是这座大花园里的一部分，国际文学中，特别是西欧文学中的流派稍迟一些都会在北欧出现。北欧的大自然，由于地理位置、自然环境和气候条件，没有小桥流水般的婀娜多姿，而另有一种胜景情致，那就是挺拔参天、枝叶茂盛的大树，树木草地之间还有斑斓似锦的各色野花和大片鲜灵欲滴的浆果莓类。放眼望去，自有一股气魄粗犷、豪放、狂野、雄壮的美。北欧的文学大花园正如自然界的大花园一样，具有一股阳刚的气概、粗豪的风度。它的美在于刚直挺立、气势巍嵬。它并不以琴瑟和鸣般珠圆玉润和撩拨心弦的柔美乐声取胜，却是以黄钟大吕般雄浑洪亮而高亢激昂的震颤强音见长。前者婉转优雅、流畅明快，后者豪迈恢宏、气壮山河。如果说欧洲其余部分的文学是前者的话，那么北欧文学就是后者。正如鲁迅所说，北欧文学"刚健质朴"，它为欧洲文学大花园平添了苍劲挺拔的气魄。以笔者愚见，这就是北欧五国文学的出众特色，也是它们的长处所在。

文学反映社会现实。它对社会的发展其功虽不是急火猛药，其利却深广莫测。它对社会起着虽非立竿见影却又无处不在的潜移默化作用。那么，北欧各国的当代文学作品中是如何反映北欧当代社会的呢？它对北欧各国的现代化发展是不是起了推动促进作用了呢？也许我们能从这套丛书中看到一些端倪。

北欧五国除了丹麦以外，都有国土位于北极圈或接近北极圈。北极光是那里特有的景象。尤其到了冬天夜晚，常常能见到北极光在空中闪烁。最常见的是白色，当然有时也能见到五彩缤纷、绚丽多姿的北极光。北欧五国的文学流派众多，题材多样，写作手法奇异多姿，犹如缤纷绚丽的北极光在世界文坛上发光闪烁。

北欧包括 5 个国家：丹麦、芬兰、冰岛、挪威和瑞典。讲起当代的北欧文学，北欧文学史上一般是从丹麦文学评论家和文学史家勃朗兑斯（Georg Brandes，1842—1927）于 1871 年末在丹麦哥本哈根大学所作的《十九世纪文学主流》算起，被称为"现代突破"。从 19 世纪的 1871 年末到目前 21 世纪一二十年代的 150 年的时间里，一大批有才华的作家活跃在北欧文坛上。在群英荟萃之中，出现了几位旷世文豪，如挪威的"现代戏剧之父"亨利克·易卜生，瑞典文学巨匠——小说家、戏剧家斯特林堡和荣获诺贝尔文学奖的第一位女作家、新浪漫主义文学代表塞尔玛·拉格洛夫，丹麦 1944 年诺贝尔文学奖获得者约翰纳斯·维尔海姆·延森，芬兰批判现实主义作家尤哈尼·阿霍以及冰岛 1955 年诺贝尔文学奖获得者哈多尔·拉克斯内斯等。本系列以长篇小说为主，也有少量短篇和戏剧作品。就戏剧而言，在北欧剧作家中，挪威的亨利克·易卜生开创了融悲、喜剧于一体的"正剧"，被誉为"现代戏剧之父"，是莎士比亚去世三百年后最伟大的戏剧家。瑞典的奥古斯特·斯特林堡所开创的现代主义戏剧对世界戏剧产生了重大影响。戏剧是文学的一部分，所以我们在选编时也选了少量的戏剧作品。被选入本系列中的作家，有的是北欧当代文学的开创者，有的是北欧当代文学中各种流派的代表和领军人物，都是北欧当代文学中的重要作家，他们的作品经历了时间考验。

在北欧文坛中，拥有众多有成就有影响的工人作家是其一大特色。有的还获得了诺贝尔文学奖，成为世界级的大文豪。这些工人作家大多自身是农村雇工或工人，有过失业、饥饿或其他痛苦的经历，经过自学成为作家。他们用笔描写自己切身的悲惨遭遇，对地主、资产阶级的剥削和压榨写得既具体细腻又深刻生动。正是他们构成了北欧20世纪以来现实主义文学的主流。在这些工人作家中最突出的有丹麦的马丁·安德逊·尼克索和瑞典的伊瓦尔·洛-约翰松等。对这些在北欧文坛上占有重要地位的工人作家的作品，我们当然是不能忽略的，把他们的代表作选进了这套丛书之中。

除了以上这些久享盛誉的作家外，我们也选了新近崛起的、出生于1970和1980年代的作家，如出生于1980年的瑞典作家乔安娜·瑟戴尔和出生于1981年的挪威作家拉斯·彼得·斯维恩等。他们的作品在北欧受到很大欢迎，有的被拍成电影，有的被搬上舞台。这些作品，虽然没有经历过时间的考验，但却真实地反映了目前北欧的现状，值得收进本丛书之中。

从流派来看，我们既选了现实主义作品，也不忽略浪漫主义、超现实主义和意识流的作品，力求使读者对北欧当代文学有个较为全面的印象。从作家本人的情况看，我们既选了大家公认的声誉卓越的作家的作品，也选了个别有争议的作家的作品，如挪威作家克努特·汉姆生，他是现代挪威、北欧和世界文坛上最受争议的文学家。他从流浪打工开始，1920年成为诺贝尔文学奖得主，晚年沦为纳粹主义的应声虫和德国法西斯占领当局的支持者，从受人欢呼的云端跌入遭国人唾骂的泥潭，而他毕竟是现代主义文学和心理派小说的开创者和宗师，在20世纪现代文学中扮演了承上启下的转型角色。我们把他的"心理文学"代表作《神秘》收进本丛书。这部作品突破传统小说的诸多常规要素，着力于通过无目的、无意识的内心独白，以及运用思想流、意识流的手法来揭示个性心理活动，并探索一些更深层次的人生哲理。1978年诺贝尔文学奖得主、美国作家艾萨克·辛格说："在我们这个世纪里，整个现代文学都能够追溯到汉姆生，因为从任何意义上他都是现代文学之父……20世纪所有现代小说均源出汉姆生。"我们把这位有争议的作家的作品选入我们的丛书，一方面是对北欧和世界文学在我国的译介起到补苴罅漏的作用，另一方面也可进一步了解现代文学的来龙去脉，以资参考借鉴。

20世纪60年代中期，瑞典出现了一种新兴的文学——报道文学。相当一批作家到亚非拉国家进行实地调查，写出了一批真实反映这些地区状况的报道文学作品。这批从事报道文学的作家大都是50年代和60年代在瑞典文坛上有建树的人物。如瑞典作家扬·米尔达尔是这种新兴文学——报道文学的代表人物之一，他的《来自中国农村的报告》（1963）成为当时许多国家研究中国问题的必读参考材料，被译成十几种文字多次出版。他的这本书材料详尽、内容真实、记载细腻而风靡一时。还有福尔盖·伊萨克松通过访问和实地采访写出了报道中国20世纪70年代真实状况的作品。这些文字优美、内容详尽的作品为西方读者了解中国起了很好的桥梁作用。他们的作品是在我国改革开放之前来中国写的，今天再来阅读他们当时写的作品，从中也能领略到时代的变化、改革开放的伟大成就。

总之，我们选材的宗旨是：尽量把北欧各国文学史中在各个时期占有重要地位的作家的代表作收进本丛书。本丛书虽有45部之多，是我国至今出版北欧丛书规模最大的一部，但是同150年的时间长河和各时期各流派的代表作家和作品之多比起来，45部作品远不能把所有重要作家的作品全部收入进来。

本丛书中的所有作品，除了极个别以外，基本都是直接从原文翻译，我们的目的是想让读者能够阅读到原汁原味的当代北欧文学。同英语、俄语、法语等大语种翻译比起来，我们直接从北欧语言翻译到中文的历史不长，译者亦不多，水平不高，经验也不足，译文中一定存在不少毛病和欠缺之处，望读者多多包涵，也请读者给我们提出宝贵的建议和意见，便于我们改进。

本丛书能够付梓问世，首先要感谢中国国际广播出版社执行董事张宇清先生和副总编田利平先生，田总编是在本丛书开始编译两年后参与进本丛书的领导工作的，他亲自召开全体编委会会议，使编委们拓宽思路，向更广泛的方向去取材选题。没有他们坚挺经典文化的执着精神和开拓进取的勇气，这部丛书是不可能跟读者见面的。我还要感谢本书所有的编委，是他们在成书过程中做了大量工作，从选材、物色译者到联系有关国家文化官员和机构，都付出了辛勤的劳动。不仅如此，他们还亲自翻译作品。没有他们的默默奉献和通力合作，这部丛书是难以完成的。在编选过程中，承蒙北欧五国对外文化委员会给予大力帮助和提供宝贵的意见，北欧五国驻华使馆的文化官员们也给予了热情关怀，谨向他们致以衷心的感谢。对编选工作中存在的疏漏和不足，还望读者们不吝指正。

2021 年 10 月
于北京潘家园寓所

石琴娥，1936年生于上海。中国社会科学院外国文学研究所北欧文学专家。曾任中国－北欧文学会副会长。长期在我国驻瑞典和冰岛使馆工作。曾是瑞典斯德哥尔摩大学、丹麦哥本哈根大学和挪威奥斯陆大学访问学者和教授。主编《北欧当代短篇小说》、冰岛《萨迦选集》等，为《中国大百科全书》及多种词典撰写北欧文学、历史、戏剧等词条。著有《北欧文学史》、《欧洲文学史》（北欧五国部分）、"九五"重大项目《20世纪外国文学史》（北欧五国部分）等。主要译著有《埃达》《萨迦》《尼尔斯骑鹅旅行记》《安徒生童话与故事全集》等。曾获瑞典作家基金奖、2001年和2003年国家图书奖提名奖、第五届（2001）和第六届（2003）全国优秀外国文学图书奖一等奖、安徒生国际大奖（2006）。荣获中国翻译家协会资深荣誉证书（2007）、丹麦国旗骑士勋章（2010）、瑞典皇家北极星勋章（2017）等。

瑞典的人民作家，瑞典文坛的奇迹

自19世纪二三十年代起到19世纪下半叶，瑞典、丹麦和当时仍隶属于瑞典的挪威先后开始工业革命，由手工业阶段向机器生产阶段过渡。瑞典自19世纪60年代起工业化迅速展开，其速度之快、势头之猛和门类之全是北欧国家中首屈一指的。19世纪初，瑞典还是一个典型的农业社会，全国250万人口中90%以上居住在农村，而到了20世纪初，人口增长到500万以上，城市人口已占总人口的三分之一。由于饥饿和失业，在19世纪共有85万人移民到美洲谋生，也就是说，几乎在五个瑞典人中就有一个人无法在本国立足，不得不背井离乡，到遥远的北美去谋出路、讨生活。到了20世纪初叶，这些国家不同程度地进入工业化时代。随着资本主义的发展，工业无产阶级队伍迅速壮大。对于广大劳动人民来说，工业的发展并没有带来生活上的改善。一些进步的写实主义作家发表了描写穷苦人民遭剥削受蹂躏的作品，如瑞典的斯特林堡、丹麦的彭托皮丹等。不久，一批工人、农民作家也登上文坛。他们描写自己切身的悲惨遭遇，对地主、资产阶级剥削和压榨写得既具体细腻，又深刻生动。他们的作品反映了底层人民的疾苦和他们的觉醒。

在瑞典当时的社会中，除了这些被压迫的工人、农民，还有比他们社会地位更低、生活更痛苦的人群，那就是农村中的雇工。他们的境况比奴隶好不了多少，长年累月为地主干活，没有休息日，没有工资，每年只从地主那里获得极少的食物作为报酬。这种雇工制度产生于18世纪中叶，一直到20世纪中叶，这种传统的雇工制度仍旧在瑞典存在，尤其在南部的斯考内、东南部的尤德兰和梅拉伦湖一带尤为盛行。伊瓦尔·洛-约翰松（Ivar Lo-Johansson，1901—1990）就是一个从这样的雇工家庭走出来的人。大约在十几岁的时候，他就立志要当个作家，当时听到他讲这话的人，认为他是"痴人说梦话"，是"异想天开的幻想"。但是他终于做到了。凭着坚强意志，靠着自身努力奋斗，他成为作家，成为当代瑞典文坛上最重要的现实主义作家。他荣获过瑞典国内和国际上许多重要的文学奖，如瑞典文学大奖（1979）、小诺贝尔文学奖（1953）、北欧理事会文学奖（1978）和法国艺术、文学勋章（1986）等。他还是瑞典乌普萨拉大学名誉哲学博士。终其闪耀的一生，他始终与雇工和人民紧紧地依偎在一起。他是瑞典文坛的奇迹。

伊瓦尔·洛-约翰松于1901年2月23日出生在瑞典中部舍尔姆兰的一个雇工家庭。他的家庭便是瑞典传统雇工制度活生生的写照。父母都给地主扛活，全家人挤在一间既当厨房又当卧室的房间里，每年从地主那儿得到微薄的实物报酬：4磅小麦、60磅燕麦，还有一点小鱼和牛奶，生活十分困苦。作为家中的长子，伊瓦尔只上了一两年学就去给地主干活以帮助父母养家糊口。

15岁时，他离家独立生活，用外祖母给他的一点零花钱买了针、线、头带等小商品，当上了小货郎。夏天，他骑着自行车来回于瑞典中部舍尔姆兰和北部诺尔兰，沿途兜售商品。他气质浪漫，加上年轻没经验，生意做得一团糟，寻找"诗和女人"的梦想没有实现，不过他看到了绚丽的大自然的美、人民的性格，自己也经受了磨炼。后来，他把这段经历写进了他的第二部自传体长篇小说《货郎》（1953）中。

1925年他因长期失业，只得背井离乡去法国、英国、匈牙利等国打短工，童年的苦难生活、青年时期的流浪生涯，使他饱尝了痛苦，这对他后来的文学创作具有十分重要的意义。

1929年，伊瓦尔回到瑞典，专心从事有关雇工生活的文学创作。第一部长篇小说《晚安吧，大地》（1933）通过一个雇工孩子米格尔17岁之前的生活遭遇描述了整个雇工阶层的苦难和经历，写作风格十分近似高尔基的《我的童年》。这部作品的出版引起国内外广泛关注。瑞典国内工人群众高度赞扬它，并把它当作职工业余教育的教材；而地主、贵族则十分恼怒和恐惧，甚至当众把它烧掉。

《国王街》（1935）描写自耕农之子阿特里亚和雇工女儿玛塔怀着美好梦想来到首都斯德哥尔摩，以为首都财富俯拾皆是，但事与愿违，玛塔堕落成了暗娼，阿特里亚虽然当了建筑工人，但是也只能勉强度日。高楼大厦一幢幢建起，而像他们那样靠出卖血汗的小人物在国王街上只生活了三年却已摧残了一生。《国王街》揭露了资本主义制度的腐朽性，描述了它摧残戕害青年的罪恶，该书的发表引起瑞典和北欧文坛的轰动，被誉为可与19世纪末瑞典大文豪斯特林堡的作品并驾齐驱，是当代的《红房间》，是"30年代以来瑞典文学的精华"。

《只有一个母亲》（1939）是使伊瓦尔赢得巨大文学声誉的小说，它描述雇工女儿累亚18岁赤身在河里洗澡，被村人所见，引起流言蜚语。累亚成为众矢之的，被斥骂为不道德的荡女，未婚夫也误信流言而离开了她。后来雇工亨利克娶了她，对她十分粗暴，动辄揍她，并戒备她有外遇。由于同酒鬼丈夫的痛苦婚姻以及困苦生活的折磨，累亚过早离开了人世。累亚是瑞典文学作品中首次出现、塑造得又非常成功的平凡劳动妇女形象，使人十分同情。她的丈夫亨利克不是一个坏人，但是长年累月的笨重劳动和苦难生活使他只能求于一醉或是揍老婆孩子出气。

瑞典文坛以往一直由"大人先生"占领，作品主人公不外乎地主、贵族、商人、官员、牧师、小城市的居民或学生等。而伊瓦尔以经济和社会地位均在最底层的雇工为主人公的一系列作品使"小人物"登上了瑞典文学舞台，打破了"大人先生"一统文坛的局面。描写瑞典农业机械化和工业化道路的《拖拉机》（1943）是他最后一部以雇工为主人公的作品。

伊瓦尔·洛-约翰松把雇工世世代代的苦难和凌辱朴实但有力地呈现了出来，不但擦亮了雇工的眼睛，也赢得了工人和其他社会阶层的同情和支持。1945年，瑞典政府正式宣布取消"雇工制度"，伊瓦尔·洛-约翰松的创作变成改造现实社会的力量，为瑞典社会的进步作出了贡献。

1945年以后，伊瓦尔的创作进入第二阶段，即自传体小说创作。他逆当时流行在北欧文坛上那种以"自我为中心"的自传体文学潮流，尝试用"我"这一滴露珠去反映整个社会。他在《无产阶级作家》（1960）一书中说："我对自己说，一定要写大家，而不是我一个人。我成功与否是无关紧要的。"

伊瓦尔一共发表了8部自传体小说，包括《文盲》（1951）、《货郎》（1953）、《斯德哥尔摩人》（1954）、《记者》（1956）、《作家》（1957）、《社会主义者》（1958）、《土兵》（1959）和《无产阶级作家》（1960）。这些自传体小说，不只是对个人和生活的描述，还是对社会现象的揭示，作品的主人公不只是"我"，还是社会上形形色色的人。譬如《文盲》着重描写他的父母通过辛勤劳动逐渐摆脱雇工身份，成为经营自己田地的农民，由于文盲，思想保守，对他想进城上学求知识的梦想不能理解，父子思想无法沟通，关系十分紧张，这不仅是他们一家的情况，也是整个雇工和小农阶层实际生活的写照。《斯德哥尔摩人》中的年轻主人公"我"从乡下来到首都斯德哥尔摩，想凭借自我奋斗求得自己的光辉前途。"我"起先跟着蘑菇采集学者，因为关系不和而遭辞退。"我"自食其力，当了搬运工人，并且业余写诗撰文，梦想成为大诗人。然而其诗稿不为报社所用。"我"想在大机关里谋取看门人的职务，也以失败告终。"我"的女友是个天性纯朴、真心爱"我"的姑娘，"我"既在她身上寻求肉欲欢愉，又很鄙视她，唯恐不及早摆脱她而以免影响自己的前途。因此，当境遇出现转机时，"我"便立即遗弃了她。然而命运嘲弄薄幸男人，"我"依然郁郁不得志，而那位姑娘却有了更英俊而又诚实可靠的伴侣。伊瓦尔在《斯德哥尔摩人》中，以瑞典首都斯德哥尔摩为缩影，用幽默的笔调，对20世纪20年代瑞典社会中各色人物，工人、店员、学者、诗人、政府官员、议员、社会活动家乃至外国侨民都做了生动的描绘，绝妙地讽刺和深刻地揭露了社会上种种恶习和弊病，它出色地再现了20世纪20年代瑞典的社会环境和时代气氛，是瑞典文坛上一部现实主义的重要作品。

　　20世纪60年代末至70年代初，正当瑞典文坛在短篇小说创作上长期处于平淡暗哑局面的时候，伊瓦尔先后发表了包括《受难者》(1968)、《撒谎集》(1971)和《平民百姓和大人先生》(1972)等7部短篇小说集，在写作技巧上，他一反以往的真实叙述，而使用浪漫、幽默的手法，使瑞典的短篇小说焕发出新的活力。《萤火虫的爱情——伊瓦尔·洛-约翰松中短篇小说集》(*Lysmaskarnas kärlek: Valda verk av Ivar Lo-Johanssons noveller*)作为伊瓦尔·洛-约翰松的中短篇小说集，其作品选自他的7部短篇小说，取材各不相同，从中可以看到他中短篇小说创作的多样性。如在《特罗萨的讲真话小凳》里，他采用了办讲真话学校这个现实生活中不可能出现的题材，入木三分地刻画出了资本主义社会人与人之间的丑恶关系。又如《萤火虫的爱情》通过对善良的女佣执着地追求爱情而上当受骗的描写暴露了资本主义社会的颓废和腐朽，文笔朴实无华，却蕴含着深刻的揭露和辛辣的嘲讽。他的这些作品独树一帜，打破了长期以来瑞典短篇小说暗淡的局面。

晚年的伊瓦尔仍然笔耕不辍，发表了三部回忆录：《青春期》(1978)、《沥青》(1979)和《门槛》(1982)，此外，他还发表了不少论文集，如《怎样写小说》(1981)、《致作家》(1988)和《为生活而写作》(1989)等，他在这些著作中，旗帜鲜明地探讨了阶级和文学的关系，无产阶级文学的性质和使命以及无产阶级文学家应该怎么从事创作等。

伊瓦尔·洛-约翰松是一位多产的作家，一生共出版了60余部作品，除长、短篇小说和论文，还有游记和科幻作品。他的作品已被翻译成英语、法语、德语、俄语等近30种语言，深受北欧和世界各国读者的欢迎。瑞典人民，尤其是瑞典工人，把他视为民族骄傲，1986年，在他85岁生日时，为他设立了"洛-约翰松文学基金"，每年授奖给一位在文学上作出卓越贡献的工人作家。2月23日，他的生日，又被命名为"瑞典工人文学节"。1990年4月，他去世时，瑞典各大报刊均在头版头条和文化版发表他逝世的消息和大量评论文章，以表示对这位文学大师的哀悼和纪念。

伊瓦尔·洛-约翰松的作品意境深邃、爱憎分明，对劳动人民寄予很深的同情。他的文笔朴实无华，但遒劲有力，清新隽永。他不采用离奇的手法，而是在真实的描绘中蕴含着深刻的揭露和辛辣的嘲讽。他成功地创造出一系列雇工群像，在北欧现实主义文学中起了重要作用并具有独特的地位，不愧为瑞典当代文学史上一位优秀的文学大师。

在选编《萤火虫的爱情——伊瓦尔·洛-约翰松中短篇小说集》的过程中，我不时地回忆起20世纪80年代多次同他见面时的美好时光。他居住在首都斯德哥尔摩南城一幢公寓楼里，在同一楼层里有两套很小的公寓，一套是工作室，一套是卧室，两套中间隔着一家邻居。他每天从卧室经过邻居家到工作室去上班。他风趣地对我说："你看，我上班还是要走一段路的。"他是一个憨厚、沉默寡言，平素甚少交际，且又十分俭朴的长者。他一天只吃一顿饭，上午喝点酸奶，下午3点左右到附近小饭馆去吃一顿正餐。他独自一人，从不自己做饭，几十年如一日，天天如此。我曾经问过他："你怎么一天只吃一顿饭呢？"他反问我："吃那么多顿干什么？我从小连一顿饭都吃不上，一天能吃上一顿像样的饭就很不错了。"有朋友来时，他就会破费一些，带着朋友去附近有名的Gondolen餐厅用餐。这家餐厅离他家不远，具有悠久的历史，在斯德哥尔摩很有名气。它坐落在南城的制高点上，有专门的电梯通到餐厅，在那里一边用餐，一边欣赏周围的风光，尤其到了傍晚，从餐厅眺望晚霞中的风光，别有一番情趣。他多次请我到那里用餐。他有一个好朋友，是瑞典杰出的工人画家，曾经设计诺贝尔物理和化学奖获奖证书，名叫斯万·永贝里（1913—2010）。碰巧的是，这位画家1977年随瑞典文化代表团来华访问时，正好是我接待和当代表团的翻译，后来我们也成了好朋友，每年圣诞节，他都会为我亲自画圣诞卡，还送过我好几幅他的木刻画。他不住在首都斯德哥尔摩，住在瑞典南部，不过有时他也会到首都来办事。他每次来首都，两位老友都会见面。我是他们的共同朋友，所以当斯万·永贝里来首都时，伊瓦尔·洛-约翰松常常会做东，请我和斯万一起到这家名餐厅用餐。我记得有一次三人约好又要在餐厅见面，伊瓦尔却没有来，斯万告诉我伊瓦尔来不了了，他正在发高烧，让我们两人吃，费用记在他的账上。我一想到他"一个人孤身在家，发着高烧，连一口水都喝不上"马上对斯万说："我们别吃了；快去伊瓦尔家看望他。"斯万说我们别去，他不想让我们去。我从一个中国人的思维出发，认为这不合情理，人家生病在家，无人照看，我们在这里吃好吃的，还要他付钱，这不像话。我坚持不吃饭，要去看望。斯万拗不过我，只好答应了。我们到了伊瓦尔的家，看到他满脸通红，躺在床上，看到我们去，有点惊讶，一个劲儿催我们快离开，赶我们走。我们给他倒了一杯水，放在床头后只好匆匆离开。我当时对他非得让我们马上离开的做法有点理解不了。我想这也许是欧洲人和中国人不同之处吧，作为中国人，朋友生病，又是一人在家，孤苦伶仃，理应去探望，给予一定的帮助。一个欧洲人可能不是这么想的，他考虑的是自己的尊严，不想让朋友看到自己的狼狈相。后来在同北欧人打交道时，我特别注意尊重他们，不去做自己认为对而强加于人的事情。

我们见面时聊得很多，谈到瑞典文坛当前现状，也谈到他对中国的了解。他十分向往中国，希望有生之年能来中国看看。我记得他问过我："你们中国是个农业大国，你们有过像我们瑞典那样的雇工吗？"他还对我说："我和中国还是有渊源的，我十几岁时，像你们现在的很多中国人一样骑自行车。我骑自行车是在瑞典各地转悠，为的是兜售小商品，挣口饭吃。"他告诉我，他二十几岁在英国流浪打工时，他居住的地方就有中国人，他们善良、勤劳，给他留下了良好印象。

在同伊瓦尔的多次相处中，有一次是我难以忘怀的，那就是1982年的6月6日，正好是瑞典的国庆日，他请他的朋友扬·福格尔贝克（Jan Fogelbäck，1943—2017）开车带我去他的老家舍尔姆兰。福格尔贝克原本是个职业司机，在伊瓦尔的影响下，也走上了写作道路，成为工人作家。在去他家乡的来回途中，我们碰到不少人，他们都以十分崇敬的眼神看着他，也以羡慕的眼光看着我。有的走过来同他交谈，有的要求同他合影，他都十分亲切地和他们聊天、合影，毫无名人的架子。那一天我经历了不少，看到他出生的小屋，一栋典型的北欧红色小房子，他儿时，里面住了三四户人家；见到了他上过一两年学的学校、他劳动过的土地、瑞典大文豪斯特林堡当家庭教师时居住过的房子、地主催促长工们上工和吃饭时敲的大钟；我们还在他创作的长篇小说《晚安吧，大地》中写到过的小河的桥上合影。但是使我印象最深刻的是，当我们行走在田野上时，他忽然弯下身，捡起一朵蓝色的小野花，问我："你知道这叫什么吗？"我老实地回答说不知道。他说："勿忘我！"我重复了一遍这野花的名字。他又笑着说："勿忘我，懂吗？"哦，原来这是双关语，我立刻也笑着回答说："明白，我懂了。"1990年，我获悉他去世了，十分难过。正好一年后的1991年我到丹麦哥本哈根大学去当访问教授，其间，瑞典学院邀请我去瑞典短暂访问，我趁机到他的故居去。他的故居建成了以他的名字命名的博物馆。在去他的故居前，我想买一束同勿忘我蓝色野花近似的蓝色玫瑰去献给他，为了寻找这样的玫瑰，我跑了好多花店，终于在一家比较大的花店里找到了。在他楼前有一个公共小花园，他去世后，小公园里竖起了一座他的半身塑像，我就把这束蓝色玫瑰放在他的塑像前，久久凝视着塑像，和他多次见面时的情景像过电影一样，浮现在我眼前，景物依旧，人却没有了，我不禁泪流满面。此时，正好一位瑞典中年妇女经过，她看到我在他塑像前默默流泪，走过来对我说："他是个了不起的人物，是我们瑞典人的骄傲！你，一个外国人，能来怀念他，我感到高兴，也为他骄傲！"是的，在20世纪，伊瓦尔·洛-约翰松在瑞典是一个十分响亮的名字，这位辛劳笔耕一生的雇工作家，在瑞典几乎无人不知，无人不晓。他离开这个世界已经30多年了，随着他的离去，他开创的瑞典当代现实主义雇工文学也结束了。我不知道在现在的瑞典年轻人中还有多少人仍旧知道他，怀念他，为他骄傲！

石琴娥

2022年9月5日

于北京潘家园寓所

目　录

侏儒的情操

一

　　有一年夏天，我要到哥得兰岛上的维斯比城去度假，因为我早就怀念岛上的美丽风光。这座古城有许多历史古迹和遗址，还有可供凭吊的古战场和城墙。这些观光地点都很令人感兴趣，也富有教育意义，值得一看再看。那里满山遍野盛开着如火焰一般鲜红的玫瑰花，在雪白的断垣残壁的衬托下，显得分外刺眼，有时令人感觉这里的色彩对比强烈到不大协调的地步。这个以演耶稣受难剧闻名遐迩的城市缺少一股激情。不过说不定我的印象是偏执的。这一次我只逗留一个星期，但是我不乘飞机而乘船去，因为在船上可以遇到许多人，而在飞机上却不然。

　　在去尼奈斯赫姆港口的火车上，我已经从晚报上读到今天晚上会有暴风雨。我赶快吞下两片蓝绿色的晕船药，这样早加预防可以有备无患。在气温宜人的上半夜，火车辚辚经过沿途城镇，要赶在子夜之前抵达港口车站。去哥得兰岛的渡轮在午夜十二点整离开港口，这样就可以在第二天清晨七时到达那个通常被旅行社的介绍小册子誉为"波罗的海明珠"的游览胜地。我曾去过那里几次，所以很清楚恶劣天气对于这类相对来说的短途旅行究竟意味着什么。

　　我们驶离海岸附近的珊瑚小岛还没多远，渡轮的船身便剧烈地颠簸起来。大风暴来了。整个大海怒涛翻腾，一会儿化为万丈深谷，刹那间又变成万仞高山。船身不仅左右颠簸，而且从船头到船尾前后晃动。要想在甲板上站得笔直根本不可能。暴风雨在狂啸呼号，船似乎随时会被扭碎。船头刚在波峰之巅高高昂起，旋又朝着浪谷深渊俯冲下去，它顶住了一个又一个排浪，然而新的排浪又接连不断地铺天盖地而来，而且一次比一次凶猛。蓝黑色的大海似乎茫无边际，不肯罢休。夜晚黑沉沉的，预示着不祥。我记起我曾听说过这么一个故事，斯德哥尔摩有个皮匠有一回到那个"波罗的海明珠"去旅游，在海上遇上了大风暴。他吓得再也不敢乘船回去了，于是又买了一套修鞋工具留在维斯比当鞋匠，直到老死。

我有一个舱房，不过我懒得走下甲板回舱去睡觉，那不是好办法。我有一种感觉，回舱去就会被可悲地关在里面，像一只猫活活地被淹死。于是我走到上面那个大咖啡厅，那里墙上有大玻璃窗。我很快就发现，原来多数旅客也这样做。咖啡厅里人挤得满满的，我们各自正襟危坐在自己的沙发上。窗外风翻云怒，海水冲刷着玻璃哗哗直响。自助餐柜台上的一部分瓷器颠簸得滚落下来摔得粉碎。我们本该早已看见兰德乌特灯塔的灯光，可是窗外漆黑一团，什么也看不见。大多数旅客要了一大杯啤酒或者别的饮料。他们死命地攥紧了啤酒杯或者玻璃杯，免得它们从桌子上滚落下来。仔细端详良久我才明白，大多数人紧攥杯子只是一种掩饰，他们正坐在那里紧握双手在默默地向上苍祈祷。

过了很久我才想到要认真观察一下我的这些旅伴。我便这样做了。我注意到他们有点异乎寻常，至少他们多半不是普通的旅游者。我正对面坐着两个日本男人，身穿紧身练功服，脚穿布鞋，在长沙发上缩成一团。他们中间是一个娇小玲珑的日本女子，同那两个人一样年轻，头靠在沙发背上僵直地躺着，一头黑色秀发像瀑布奔流般晃动着。那两个男子尽力夹紧她，不使她滑到地板上。他们背后坐着几个粗壮汉子，样子有点像加拿大人，一共六个。稍过去一点，有五个人聚坐在一起，看起来是西班牙人或者南斯拉夫人，再不然就是意大利人，反正三者必居其一。我认真打量他们一番之后，断定他们不是练功师便是野兽饲养员或驯兽师。反正也是三者必居其一，因为他们脚上都穿着长筒皮靴。

在我的桌子旁坐着两个闷闷不乐的中年男子，那副沮丧至极的神情真是令人难以置信。除了坐在我桌旁的两位，所有人都起身去取来绿色的清洁纸袋以备呕吐之需，事实上他们也频频用起纸袋来。可是那几个年轻日本人真要呕吐的时候，他们宁可像跳舞一般手舞足蹈地走到门外，趴在栏杆上朝开阔的夜空尽情地大口大口吐起来。他们一边脚步踉跄地走着，一边还挥舞着那几个纸袋，谅必是下意识地错把纸袋当作金色的玻璃圆球来玩杂耍了。他们大概在胃里翻腾得最难熬的艰巨时刻也不曾忘记苦中作乐，来个精彩的表演。

只有那两个和我同桌的中年人蹙紧了额头，哭丧着脸，心事重重地坐在那里，似乎根本没有注意到大海在怒吼。他们若无其事地喝着啤酒，偶尔用喑哑的声音交谈几句，讲的是难听刺耳的德语，我能够听懂一部分。不过他们两人常常是长时间地无言相对，看样子有点像下定决心的自杀者一样。他们身上有一股捉摸不透的气质和拒人于千里之外的冷漠，似乎有一把撑着的大黑伞把他们两人坐的地方遮盖起来，使得别人看不清楚他们的本来面目。这次旅行真是糟糕得无以言表，不过我通常都能够安然挺过来。我这时不免幸灾乐祸地想，多亏我及时服用了晕船药，否则此刻我大概也在劫难逃哩。

到后来我实在无法抑制自己的好奇心，便张口问那两个德国人说，四周沙发上坐着的那些人是不是他们一伙的。

"是呀，"其中一个瓮声瓮气地回答说，"这是斯科特马戏团。除了我们这几个人，别人都晕船瘫在自己舱位里动弹不了啦。"

"你们两位在斯科特马戏团里担任什么角色呢？"

"我们都是小丑。"他们哭丧着脸，用一种叫人笑不出来的呜咽声自我介绍说。

二

　　这次旅行现在进入了一个更叫人难以忍受的可怕阶段。那艘渡轮似乎毫不挣扎，只在茫茫大海里原地踏步，不时在漆黑的夜空里静止不动，甚至要掉过船头折返回去。我们莫非真的已经到了坐以待毙的地步？一个个巨浪劈头盖脸地朝着渡轮砸下来，使它动弹不得。渡轮一会儿被高高抛上浪峰，一会儿又被压到了深深的涛谷之中。咖啡厅舷窗的窗帷是拉下来的，可是凶猛的冲撞把窗帷撩开来了，露出了外面狰狞的黑夜。大咖啡厅里所有没有捆住或者拴住的东西一起无拘无束地翻来滚去。非但如此，连那些固定住的东西也开始嘎嘎作声，似乎想要挣扎脱身。地板上和沙发上躺满了呕吐不止的旅客。他们已经顾不得体面，个个冷汗淋漓，哇哇地大吐，恨不得把五脏六腑里最后一点点残渣都呕个干净。可是往往想吐而吐不干净，肚子里总是有什么东西像海浪般翻腾作怪，于是连腥稠发黏的黄绿色胆汁也吐出来了。那些难受得死去活来的旅客脸上有时候闪现出最后希望的一丝微光，可是马上就熄灭了。人人的脸都是死人般苍白。所有觉得自己的体力还足以坚持一段时间的想法都破灭了。那些对自己的服饰仪容非常在乎的旅客早就把这些念头抛到九霄云外，已经没有力气为自己的服装不洁而感到难为情。从大多数人的脸部表情看来，他们此时宁可蒙主宠召殉身怒海。只有那几个穿黑色紧身服的日本人仍旧乐此不疲地一趟又一趟走到门口去，尽管他们还是像跳舞一样，但是跌跌撞撞，样子非常狼狈了。那两个小丑依然端坐不动，哪怕天塌下来他们似乎也无动于衷，照样在颠簸略停的片刻张嘴呷一口啤酒。他们是那样垂头丧气，简直就像两头没了主意的麝牛。我对他们并不特别感兴趣。

我想要把思想集中到某件事情上来，这样可以在一个所有的东西都在摇晃不止的世界里找到一个固定点。于是我有一会儿工夫陷入了沉思，想要弄明白幽默的实质究竟是什么。现在坐在我面前的是两个踏破铁鞋难觅到的最愁眉苦脸的人，而他们恰恰都是小丑。正是他们要去逗得别人捧腹大笑。幽默大概像是一只乌鸦。年轻人身上没有什么幽默，因为他们正在贪婪地吞咽生活的乐趣。那些乐天派也很少真正懂得幽默。倒是那些脾气古怪、不近人情的人身上却具有幽默。幽默的图像里很显眼地包含着快要咽气的标志，然而它同时又是对付死神的自卫手段。可以说，幽默是抵制死亡的安全阀的开关，是最后的一道防线，如果不能求助于幽默，那么一切都会完蛋。

大海在翻腾，暴风雨在施虐，小丑们在喝啤酒，我在苦思冥想，真是各得其所。"完蛋"这个词忽然占据了我的脑海。瑞典语只要使用得法，是很具有表达力的。瑞典语的"完蛋"是由"憋闷、窒息"引申出来的，意思是把锅盖盖得紧紧的，在里面呼吸不了，只好一命呜呼，于是完蛋了。

完蛋、一命呜呼，一命呜呼就完蛋了，这些词就像一首无止无休的丧曲在我耳际萦绕。坐在我面前的两个小丑照样强作镇静、无动于衷地对饮，偶尔也用难听刺耳的德语交谈几句，不过大多数时间是无言相对。

"在旅途上遭受了这样的折腾之后，你们觉得明天还能照常演出吗？"我忍不住问道。

那个长得最粗壮也最垂头丧气的小丑脸上泛起了温柔的光彩。

"谁也说不准。那个演空中飞人的美丽的西班牙女演员贝拉从一上船起就晕船，连命都快没了，她带着她那年纪很小的孩子躺在那边头等舱里。门外躺着我们的侏儒。"

"可是那个侏儒为什么偏偏要躺在她的门外呢？"我刨根究底地问道。

"他爱她爱得要命。这是她最后的一次演出。在岛上演完之后，她就要同这门有生命危险的艺术告别了。不过现在我们认定她根本不能登台献艺。"

他们两人似乎为那位空中飞人女演员的命运深感忧虑，然而对自己的命运却置之度外，毫不考虑。我不由得暗暗称奇。

三

在这段时间里，暴风雨更加剧了它的力量，格外凶残地施展淫威，大海翻腾得更加厉害。怒涛无止无休地冲刷着上甲板。渡轮似乎在漩涡里滴溜溜地打转，早已失去它的航行方向。咖啡厅里有一两块舷窗玻璃裂开，海水从裂缝里灌进来。真可谓我们没有去找大海，大海倒找上门来了。漆黑可怕的夜晚，浊浪滔天的大海，见不到一片陆地，见不到一个立足点，上帝离我们非常遥远。咖啡厅里的东西都起来造反了，几乎都以冲刺的速度朝四处滚动，一会儿滚向右舷，立即又滚到左舷。几扇窗门乒乒乓乓地掀开又阖上，想要挣脱门框。旅客不停地呕吐着，然而仍在坚持，可是已经不再有坚实的立足点。二十米阔的大咖啡厅早先气派豪华，如今成了污秽满地、狼藉不堪的呕吐场所，丝毫得不到安慰的旅客失去希望，一个个身上的衣服皱成一团，沾满了粉红色的污秽。突然之间有一个东西朝我滚来，把我吓了一跳。在地板上湿漉漉的污秽里漂过来半只长面包。而从另一个方向浮过来一只被血污染红了的假牙。这两样东西就在我桌子的脚下相遇。那只假牙似乎要扑到那半只长面包上去咬下一口。但是它错过了目标。它们又顺着污物的浊流朝着各自的方向漂过去了。

我们从船员那里得知，我们已经误点两个钟头。可是没有人在意，因为我们连到底能不能抵达彼岸还说不准。唯独那两个小丑丝毫未受到影响，仍然端坐不动。我通常也有晕船反应，但因及时服用了晕船药，这一次我倒安然无恙。不过也许正因为海浪过于剧烈，反而在我身上起了反作用，所以我不晕船了。那就像超高压电流反而不伤人是一样的道理。

我不免有点扬扬得意，便下决心到船上去走走，各处看看。船身颠簸得太厉害了，我刚站起身，许多零碎东西就朝我滚动过来。我紧紧扶住墙壁，一步一捱地走到通向舱位和停放汽车的下甲板的出口。我攥紧扶手栏杆朝楼梯下走去，身体尽量挺直。

就在这时候，我一眼瞅见一个满脸通红的汉子紧紧抓住对面的扶手栏杆，他也在往下走。他看样子就是一个普通瑞典人，肯定不是马戏团里的人。他把烈酒当作医治晕船的灵丹妙药大量服用了，现在正处于神志极度兴奋的谵妄状态之中，大概连自己正在做什么也浑然不知。

我们两人几乎同时走到停放汽车的下甲板。我放眼望过去，只见另外一端停着很少几辆汽车，全都用绳子捆绑结实，牢牢固定。不过甲板上站着一群奇形怪状的动物。有不少匹马，都是身材高大、体态优美的骏马，也有身材小巧、浑身是深灰色斑纹的矮种小马。但是最引起我注意的是那些富有异国情调的动物。这里有四头大象和三头单峰骆驼。大象神色不安地晃来晃去，像树干般粗壮的象腿被捆绑得一步都不能动，长长的象鼻紧紧地勾住前面一头的尾巴，它们像是一列火车。三头单峰骆驼的处境似乎糟透了，它们的驼峰不再是高耸在背上，而是耷拉下来，像是女式空皮包那样垂着。这些可怜的动物伸长脖子大口呕吐，黄绿色的黏液从它们毛茸茸的、已经扭得形状难看的嘴里直喷出来。

我身边的那个瑞典醉汉神色骤然大变，似乎马上就要晕厥过去。他那双淡颜色的眼睛由于恐惧变成了乌黑。我真怕他会立时三刻就死在这污秽满地的甲板上。

"难道我看到的不是大象？不是骆驼？"他吓慌了，想要证实自己并没有产生幻觉。

"您没有看错，它们是真正的大象和骆驼，"我安慰他说，"斯科特马戏团就在这条船上，这些动物是马戏团的。"

"不对，不对，我只喝了点酒，吃了两片止痛药，怎么会有幻觉的？"

他根本不相信我的话，掉转身去把脸埋在双手里不想再看到那些他害怕见到的动物。一个巨浪打过来，他双腿一软便趴倒在地板上。他浑身簌簌颤抖，连滚带爬地上了楼梯，嘴里狂喊着："不对！不对！"我离开了他，但眼前一直是他的这副模样。

我往上走，到头等舱去看看。我在走廊里撞过来又跌过去，弄得浑身生疼。我一路走一路止不住地有这种感觉：这条船正在扭成一团废铁，而我被死死地关在里面，就像一只掉进鼠笼的老鼠。

在一个舱房门外躺着那个侏儒。他在那个很高的门槛外面像个小包裹似的滚过来又滚过去。我早已知道他躺在这里是为了忠心耿耿地保卫他心爱的那位女士。

"事情怎么样？"我随口问道。

他侧着身子半坐起来，直着眼睛对我瞧。如果他站得笔直的话，大约有七十厘米高。他的前额上布满交叉错乱的皱纹。不过他的双眼炯炯有神，闪现着智慧的光芒。

"我是斯科特马戏团的小人柯古，"他用蹩脚的德语说，"我没有什么危险。不过房间里躺着的是大名鼎鼎的空中飞人女明星贝拉小姐和她那还很小的儿子。"

　　"您对自己竟毫不担心吗？"

　　"我不碍事。不过她病得非常厉害。我也为她的孩子担心得很。"

　　侏儒和那两个小丑显然都有一股傲然正气，有高尚的道德情操，这才能够抵挡住晕船，因为晕船本身也可以在某种程度上说是灵魂和心灵的病症。

四

　　快到晌午时分，哥得兰岛连同着它的首府维斯比终于姗姗迟来，出现在我们这些劫后余生的人眼前，那简直是海市蜃楼般的美景。对于许多旅客来说，这一切显得那么不真实，仿佛当年哥伦布第一眼瞥见美洲大陆一般。我们确实几乎不相信这是真的，直至过了一段时间才敢相信。我们欣喜若狂，争先去接受这份大海捧在盘子里端给我们的厚礼。我们真不知道怎样感激那位亲手为我们绘出这座城市如同梦境般瑰丽的图画的海神。这时候大风暴早已平静了许多，也可能是由于我们绕到了这个岛的背风一边，海上航行已经变得可以忍受了。我如释重负地长长吁了一口气，因为我竟然这么轻易便侥幸渡过难关，我十分感激上帝赐给我这番恩宠。昨天晚上我在风浪最危险的时候向上帝许下的承诺，我必将信守不渝。靠近岛屿马上就要进港的时候，大海更加风平浪静了。我们看到了教堂钟楼和房屋的尖顶。我们的眼睛贪婪地盯住了陆地。圆形的城墙已经隐约可见，寺院废墟早已倾圮的山墙对我们张开了它的大嘴。渡轮减速行驶，我们已经误点四个多小时，不过那又有什么关系呢？天下着倾盆大雨，不过那又何足道哉？我们看到了港口，看到了码头上的梯子和走动的人群。渡轮没有沉入海底，我们仍然活着。

第一批登陆的不是旅客而是动物。一个跳板直接接到停汽车的甲板上。那些高头大马和灰色斑纹的小矮种马、那些大象和单峰骆驼大摇大摆地上岸。骏马和矮种马还没有什么，只是露出惊恐的样子。单峰骆驼却糟糕透了，它们见到起伏不定的海面就晕眩得四腿哆嗦，刚走到跳板的一半，两只前蹄一软便瘫在那里，龇牙咧嘴地发出刺耳的奇怪叫声。它们的驼峰耷拉在背上更像女用空皮包。大象步履蹒跚，满肚子不乐意地把粗壮得像小树的腿往前挪到跳板上。每头大象把自己的长鼻子紧紧钩住前面一头的鼠尾般的细尾巴。可是领头的那头最大的象却没有什么东西可以钩。

马戏团的其余装备都还放在行李房里没有拿出来，那要有专人负责检查，逐件清点，以便确保每样东西都搬走。那个侏儒和女明星贝拉都没有露面。两个小丑在旅客呕吐得狼藉满地的咖啡厅里坚持坐到最后一刻，依然不慌不忙地呷着啤酒，直到服务台的波纹铁小窗口关上了，这才快快地站起身来。

整个哥得兰岛在我们的眼前晃动。等到我真正上了岸，我陡然觉得脚下不是坚实的陆地，而是踩在一个要从我两只脚下滚滑开去的大圆桶上。直到我在旅馆房间里安顿下来以后，我仍旧觉得地皮在旋转起伏。窗外依然大雨滂沱，天色黑沉沉的，叫人不乐意出去。

待到骤雨初歇，我便急不可耐地到外面去遛了一圈，去看看那脍炙人口的玫瑰和废墟。前者像火焰般鲜红，后者洁白得一尘不染，恰如旅行风光小册子里所介绍的那样，果然是名不虚传。不过我比早先更没有把握在这个岛上究竟是否可以见到扣人心弦的激情了。因为在大街上，在我的四周，听到的大多是外国话。城里到处是一群群外国游客，其中最多的是美国人。他们见到什么东西都赞不绝口，连声说"Nice"（英语：好）。维斯比这座城市到了他们嘴里就变成了"瓦伊斯巴伊"。

"哦，真的，在瓦伊斯巴伊这个地方，一切都是那么nice。"有个美国旅游团的团员，当过分殷勤的当地导游频频询问他们待得是否舒服的时候，便这样回答说。"不过那烦人的雨呢？"

在打包房广场上有一个四周青苔斑斑的喷泉，一尊女神铁像矗立在泉旁，手里擎着的羊角也喷出一股清泉。这是在中世纪城墙围绕的市区里唯一能挤进来占有一席之地的、年代不算太远的艺术品。我一眼看到船上那个侏儒跪在女神像前默默祈祷。他双膝跪倒之后比平时站着也矮不到哪里去。他的两只罗圈腿叉开在喷泉前面的花卉里，可是双眼直盯着那尊由布林德尔铸造厂浇铸出来的铁像。不消说，他谅必是个天主教徒，在这个岛上找不到别的圣坛或者圣母像，所以只好到这里来祈祷了。

我走了过去，他抬起头来看看我。

"我在渡轮上同您谈过话，"他说，"我是斯科特马戏团的小人，叫柯古。"

"你在祈祷吗？"

"我在为我爱慕至极的贝拉女士祈祷，祈求今天晚上她不上场表演。像她那副病恹恹的样子，非失手摔下来不可。我是深信无疑的。"

"那么您有什么高招能够防患未然，使得这样的意外事故不至于发生呢？"

"我祈求主不要让她上场。我也祈求主让我代替她演出。"

他一点也不为泄露了自己的感情而感到难为情。现在还很难说他的祈祷是否当真可行，然而他是情真意切地讲出这番话来的。

五

那天下午我到十字架广场去凭吊古战场，当地农民抵抗丹麦国王瓦耳德马·阿特达精锐军队的血战就是在那里进行的。那个地方至今还屹立着一座纪念性的十字架，上面刻着哀婉的拉丁文铭文。铭文写道："1361年7月27日哥得兰岛农民在维斯比城门口落入丹麦人之手。他们在此地长眠。为他们祈祷吧。"传说仅仅在几个小时的恶战中就有近两千名哥得兰岛农民死于刀斧之下，当时波罗的海海面都被染红了。现在我所见到的是，在那个十字架不远处的草地上，一对丹麦夫妇正躺在如茵芳草上安详憩息，身旁放着野餐篮子，他们还取出了丹麦的嘉士伯啤酒，仰着头喝起来。太阳露出脸来，把草地照映得一片青绿。如今一切恩怨纷争早已时过境迁、烟消云散，成了被人遗忘的历史陈迹，到这里来凭吊古战场也无非是抒发雅兴而已。

我步出城门，继续往前走去，来到了斯科特马戏团正在搭起它的大帐篷的地方。帐篷帆布都还堆在地上，但是帐篷的架子已经有一半搭起来了。马戏团里所有经历了昨夜那般可怕旅程之后还有力气干活的人都到这里来帮着扛呀，抬呀，搬呀。我在那里看见了那六个加拿大人、那几个我以为是西班牙或意大利人的人、那几个身穿紧身练功服的小个子日本人、两个小丑，不过没有见到侏儒和空中飞人女演员的踪影。而真正干得动力气活的还是要数那两个小丑。马戏团经理在旁边走来走去，查看每项工序是否合乎规格。今天晚上的演出已在报上登了大幅广告。满城大街小巷张贴着海报。尤其是女明星贝拉的高空走软钢丝更是整个演出的压轴戏。票子已经卖出了一大半。

我走到经理跟前同他攀谈起来。

"经过这次叫人受不了的航行之后，您真以为他们还有精力演出吗？"

他满脸狐疑地对我瞅了几眼。

"确实有几个人病倒了不能出勤，不过我们余下的人足够对付演出了。"

"贝拉女士也能够演出吗？"

他紧紧地瞅着我，想要弄明白我究竟知道多少内情。待到他明白过来我消息十分灵通之后，他便开诚布公地说：

"现在还定不下来。她这位高空走钢丝的女演员以及其他几个人仍旧躺着起不来。我们希望能够演出一台多少能对付过去的演出。"

"可是侏儒柯古不乐意那样，"我直截了当地说，"他想自己代替她演出。"

经理忍不住咧开大嘴哈哈狂笑起来，尽管这一切都是有些可悲的。他看我既然知道事情原委，便更直言相告了。

"那是纯粹的异想天开，"他说，"那个只会在幕间插科打诨的侏儒竟然坠入情网，不自量力地爱上了大名鼎鼎的、挑大梁的女演员。你听说过雄鹰与土拨鼠的故事吗？老鹰在高空翱翔，土拨鼠在地上打洞，心里却想着要同老鹰比翼双飞。贝拉是最美丽、最有本事的女杂技表演艺术家之一。她嫁给了一个西班牙侯爵。柯古是个再难看不过的侏儒。她是飞翔在高空的凌云仙子，而他除了在表演场的泥沙里跌打滚爬外决计没有别的本事了。"

　　我径直走到售票处买了一张票。我挑了个非常靠近表演场上场口的位子，那样我可以就近看得更清楚些。然后我回去了。

六

　　马戏团那座蓝色圆顶大帐篷四周都有绳索绷紧钩牢。在帐篷里往上一瞧，帐篷圆顶确实高到令人觉得天旋地转的地步。而就在圆顶底下的最高处悬挂着两个高空秋千架，它们边上各有一根倾斜的钢丝把架子固定住。大帐篷里已经坐满了人。我的座位紧靠上场口，我伏在木头栏杆上可以望到帷幔后面马戏团的后台，一群群杂技演员在那里川流不息地走动，或者准备上场，或者下场到那里去。同时我看节目单，这样我可以轻而易举地把演员们一个个认出来，而且知道他们演哪个节目。

　　我看到了那六个加拿大人，他们已经换上宽条纹运动服，是叠罗汉的表演者。我也看到那几个穿紧身练功服的小个子日本人，他们是表演翻跟斗的。表演花样骑术的女演员们身上穿着银线锦绣的骑马服装，头上装饰着色彩缤纷的羽毛。那几个穿着像运动员的人，我当初以为是西班牙人或意大利人，果然没有猜错。看节目单上知道，他们是举重和顶举的大力士。

　　那两个原先愁眉苦脸的小丑现在也变了样。他们穿着金光灿灿的裤子，裤腿大得像麻袋，裤裆里足足可以放下一只活鹅。他们的脸已经化妆成两个乐不可支的娃娃，鼻子很大，嘴角往上翘，眼圈画得非常滑稽，双颊涂得又是雪白又是粉红，真逗人发笑。这时候看到他们，不笑出来才怪哪！那几个驯兽员和单峰骆驼以及大象都在帐篷背后的兽栏里，我不知道他们什么时候才上场。

节目单上赫然排列着十六个节目。贝拉女士将在下半场的最后一个节目演出，作为形成高潮的压轴戏，可是直到此刻我还没有窥见过她在后台出现。我倒是看到了那位经理。他穿上黑色大礼服，手上是雪白的手套，衬衫前胸上有一颗闪光的宝石。他本来绅士气派十足，这时候却沉不住气了，显得焦躁不安，紧张到了极点，因为他大概心里明白，今晚的演出必定会无可挽救地被喝倒彩。表演场上正在撒锯木屑，供跳越用的障碍物以及其他用得着的道具已经放在场上。

乐队高奏开场进行曲，经理强装镇定地走到表演场中央，从容不迫地致开场白：

"欢迎诸位大驾光临来观看演出。"他用蹩脚的瑞典语讲道，讲得那样不流利，更使人产生今晚一切都不会顺利的念头。"可惜我们的演出要比我们想要奉献给诸位的稍为逊色一些。那是因为昨天晚上我们在旅程中遇到特大风暴，有一部分艺术家晕船，到现在还躺着不能起来。大海把我们压垮了。所以我请求你们给予谅解。最没有把握的是那位世界著名的高空飞人王后贝拉女士究竟能不能登台献艺。我们没有权力要求她去冒生命危险。她也许会支撑着出场向诸位致意，但她究竟是否康复到能表演，那是很难说定的。稍后看她的身体状况再说吧。"

观众不约而同地朝马戏团穹窿下的高空秋千架瞅了一眼，不免有点扫兴，不过既然经理作了一半许诺，不妨再等等看吧。

"砰！"马戏团的大鼓擂响了，于是乐队高奏起欢乐的曲调，本来应该是五彩缤纷、令人眼花缭乱的开场亮相开始了，可是队形走得有点杂乱无章。

第一个节目是花样骑术，才演了一半就演不下去了，女骑手和那几匹马狼狈得简直无法想象。后来经理亲自来掌握鞭子要使马竖立起来，可是那几匹可怜的马连腿都抬不起来。几个举重杂耍演员费尽了吃奶力气才把器材举了起来，但他们甚至不敢从观众席上请个人出来把他举高，看来他们自知这是力不从心的。几个无精打采的日本人慢吞吞地翻了几个跟斗，那么有气无力，叫人看得简直难受。加拿大人的叠罗汉只叠到第四个人就叠不上去了，他们没有再多做尝试，因为他们知道那是徒劳无益的。几头大象干脆拒绝站到它们的小凳上去。单峰骆驼不肯躺倒下来。它们对驯兽员的短棍龇牙咧嘴，还伸长脖子去咬那根短棍。它们似乎被惊涛骇浪吓破了胆，而且晕船之后还惊魂未定，所以怒气冲冲，迫不及待地想要回到那没有风浪危险的大沙漠上去。

一个又一个节目不死不活地演下去。唯一演得出色的是那两个小丑。他们一出场就逗得观众哈哈大笑。他们别出心裁的节目编排和精湛的演技使所有的笑声都发自内心，演出令人回味无穷。

侏儒柯古总是在最不适当的时候像鸭子似的摇摇摆摆走上场来，装腔作势地要帮演员们演出。他在驯兽演员身边冒了出来，表演体操的时候有他，翻筋斗的时候也有他。不过他到处都是碍手碍脚，遭到训斥责备。人家叫他向东他偏朝西跑。人家说什么他都听错。他跌跌绊绊，摔了一跤又一跤。他的表演博得了观众的同情，大家对他的笨拙和装痴弄呆都露出了会心的微笑。他本身的形象就体现着乞求同情。

所有人都知道不幸生为侏儒意味着什么。柯古注定要低人一等，正常的人显得高大魁梧，尽善尽美，而他却矮小畸形，可怜巴巴。他要跳起来摸马屁股。他要把一团团骆驼粪捡起来，还要错认为是最美味的肉丸子。他要被粗糙的象脚绊得仰面朝天摔大跟斗。反正所有的低贱事情他都有份，而所有的好事情他想做也做不成，别人也不会让他做。

柯古的长相奇丑无比，前额上皱纹纵横交叉，整个身体、鼻子、眼睛都挤在一起，仿佛是地球的全部重量都压在他身上，活活地把他压扁了。他的双腿罗圈得厉害，弯曲成一团。他想要找个正常的成年女子，哪怕是奇丑无比的，看来也是非分之想。而且也不见得会有哪个独守空闺的女侏儒在等待着他去追求。于是，他大概命中注定要打一辈子光棍，尝尽人生的孤单寂寞了。再说他的名字也那么可笑，听起来同"苦果"一样。

上半场的节目总算勉强演完。漏洞、毛病和失手比比皆是，而且还临时一再改动。休息过后的下半场里将还有一个马术节目和两三个新的节目，仍旧由我们已经见过的那些演员演出，不过并非原班人马，而是重新组合过了。小丑的表演是必不可少的。最后是压轴戏，由饮誉世界的高空表演艺术家，美艳夺目的贝拉小姐做有生命危险的惊险表演。可惜已经预告过她不知是否能够演出。不过露一下脸总是应该的吧？

七

　　就在幕间休息时间里，我却亲眼见证了一幕节目单上完全没有的好戏。那位美丽的贝拉小姐已经来了，站在紧靠着帷幔背后的地方，除了我这最靠近表演场上场口的座位，观众是看不见她的。她身穿高空演出服，双肩上松松地披着一袭披风。她果然娇艳夺目，美丽非凡。她的脸完美得可以说是哪位肖像画大师的传世杰作。她的一双星眸漆黑闪亮，两只朱唇富有情感，宛如肖像画大师用血与火勾勒出来的。那双素手十指纤纤，状若飞鸟停栖在她的手上。她的一双冰洁玉润的手臂似乎生来就是为了搏击长空、凌云遨游的。她虽然袒胸露背，然而恰到好处，并不显得过分。她的臀部浑圆匀称却全不碍事，可以随着身体腾空飘荡。她身上的绸紧身衣是那么合身，正好使她优美迷人的姣好身段一览无遗。然而她却像披着一袭悲伤与不幸交织成的披风的蝴蝶一般，美则美矣，身上却透出一股死亡的寒气。或者可以说，她看起来像是美神和死神联袂合作塑造出来的独一无二的伟大艺术品。

　　经理站在她的面前显得愁容满面，一副心烦意乱的样子。侏儒柯古站在旁边。由于我的座位离他们站的地方很近，我听到了他们的讲话声，侏儒正在说话。

　　"我已经问过圣母本人。"他如同得了哮喘病那样大口大口喘息着，一种热切的追求使他透不过气来。"我们两人，美丽的贝拉和我，是信仰相同的。圣母启示我说，贝拉要是上场演出非摔下来不可。您千万不可以上场，小姐。"

如今亲眼看到这两个人站在一起，我不由得暗自折服，那位马戏团经理早先所说的话果然不差，一个是翱翔于高空的鹰，而另一个是在地上打洞的土拨鼠。显而易见，侏儒是一往情深地热爱着这一位体态轻盈的仙姝。

"不用再说了，我当然应该上场演出。"高空表演艺术家说，声音虽然有气无力，语调却是坚定的。"这是我献艺生涯中的最后一场演出。虽说我身体没有复原，但是我会尽最大努力去演好的。"

经理似乎茫然不知所措。

"我真不知道怎么办才好。我不得不承认，柯古的预言尽管有点迷信，说得倒很有道理，我心里也很害怕万一出事。"

侏儒用哀求的眼光可怜巴巴地瞧着那位艺术大师。可以看得出来，他对她的热爱是深得甘愿牺牲自己。忽然间，他以一种过去所没有的专断口气自作主张。

"我去代替你表演，"他说，"我从认识您的时候开始就一直在练习走钢丝。再说我从小就向往着飞到空中去。"

女艺术家满怀着歉意，凄然苦笑。经理却忍俊不禁哈哈大笑起来，似乎听到了一句与他们正在讨论的正题无关的插科打诨。可是那两个小丑却从后台走了过来。他们看到了这一切，却没有奚落或者嘲笑侏儒。

"这是千真万确的，"他们之中一个一本正经地说，"柯古一直毫不间断地在练习，他日以继夜地在钢丝上练功。"

"在地面上练练，那算不了什么真功夫。"经理漠然回答说，佯装听不懂他们两人说话的弦外之音。

从他们几个人的交谈中，我听出了一个大概。原来柯古出于对那位女艺术大师的热爱和崇拜，很久以来就在练习踩钢丝。他在绷紧的硬钢丝、不绷紧的软钢丝，还有倾斜的钢丝上都练习过，而且踩钢丝的功夫还练得相当出色，当然，他练习的钢丝是离地面很近的。那个侏儒从小梦想着到天空中飞行。在青年时代，他曾经制作过一架用麻布作机身的飞机，可惜那架飞机一离地就坠毁了。不过他翱翔空中的伟大梦想复活了，被对女艺术家的爱情重新唤醒了。

"我们取消这个节目，"经理最后对那位高空女演员斩钉截铁地说，"我有个预感，弄不好准要出事。要是您万一摔下来，我可负不起这份责任。"

帷幔被拉拢了，我再也看不到和听不见艺术家们的交谈。

八

    下半场的节目开始了。那些节目就像早先一样地不死不活，令人难受。可是他们的演出真是糟糕之至。失手一个接着一个，许多节目都半途而废。观众愈来愈失望，愈来愈不堪忍受了。

    到最后总算熬到压轴戏，也就是大名鼎鼎的贝拉小姐要出场表演了。可是偏偏就在这个时候，马戏团经理走到表演场上来宣布那个节目只好取消，甚至贝拉小姐连出场向观众致意都不能够了。

    这一下全场顿时开了锅般喧哗起来。极有耐心的哥得兰岛当地观众还算克制，而那些外国旅游者却愤怒地起哄了，因为他们并不明白晚上狂风恶浪的厉害。场里的观众多半是外国旅游者，他们起哄的劲头愈来愈大。

    "退票，退票，把钱还给我们！"他们大声呼喊。

    就在这个时刻，侏儒柯古疾步奔进表演场。他已经换了装，身上穿了一件可笑的红色紧身服，脚上穿布鞋。那双布鞋用长鞋带紧紧捆在脚上。

    "快把我抛上去！"他用不容分说的语调吩咐说，声音十分凄厉刺耳。

    由于事出突然，大家都心中无数，甚至来不及去阻拦他。那几个穿着装饰有花边和流苏的锦绣彩服的马戏团杂工赶紧七手八脚把他抛往高处。他们不像在抛一个人，倒像是在抛一个包裹、一只海龟或者别的沼泽小动物。不管怎么说，他们终于使他腾空而起，达到空中飞人大师贝拉小姐平时到达的高度。

他站到了高空平台上，那根没有绷紧的软钢丝绳就悬在这个平台底下，连接到对面的平台。他手里没有拿着大折扇，而是一大把公鸡翼翎。

"瞧！"他用法语大喊一声，已经站在马戏团的蓝色天篷下的最高处，双手向前伸开着。

他的身下没有任何安全装置。就算对于从下往上看的观众来说，那样的高度也足以叫人产生天旋地转的感觉。那根钢丝离地有二十多米，在钢丝绳底下似乎张大着一张深不可测的大嘴在等待着他，他身体底下的空气似乎也比上面的要稀薄得多。

柯古过去从来没有到过高空，他只配在地面上跌打滚爬。如今他真是难得有这一次居然大大高过平素全都比他高的人们，而那些人现在却仰面朝天看他，不能再像往常那样低头看他了，也就是说不能再小觑他了。说不定有人还会想，他冒这次险不会失掉多少，因为一个侏儒不仅身体矮小，生命也是短促的。

"瞧！"他再吼叫了一遍，就踩上了那根软钢丝绳。

绝伦的荒谬似乎给了他巨大的力量，有一种不合情理的力量在支撑和推动着他。过去人们在杂技表演场上见到的只有侏儒玩弄马粪疙瘩，从来不曾见过哪个侏儒会高高在上爬到马戏团蓝色天篷的最高处。于是整个大帐篷陷入死一般的寂静，观众甚至不敢呼吸。

"他会摔下来的。"观众开始窃窃私语，无不捏一把冷汗。

柯古开始踩钢丝了，那根钢丝绳并不是两端在同一水平上，而是由这边平台朝那边平台倾斜得非常厉害。他踩到钢丝绳上之后，根本没有理会那垂在旁边的高空秋千，双眼毫不斜视，目光盯住了正前方。他挥动着两只短粗的手臂和手里拿的公鸡翼翎来保持身体平衡。观众屏息凝气，似乎感觉得到他本人也正吓得要死。人人都在等待他不可避免地跌落下来。他们几乎已经想象出来侏儒横倒在表演场上殷红血泊中的惨状。他脑子里甚至闪出过这样的念头：当不幸的事故终于发生的时候，他们会有怎样的反应。

"瞧！"柯古终于侥幸地踩着钢丝走到对面的平台上时，带着成功的喜悦大喊一声。

原来，这是贝拉小姐平时在高空中惯常的呼喊。柯古向观众摇动粗短的双臂感谢观众的喝彩。

然而就在这以后，他又做了一桩极其出乎意料的事情。他定了定神，重新又踩到了钢丝绳上。如今这根钢丝绳不再是像下坡路那样朝下倾斜，而是陡峭地朝上倾斜，他却要原路返回，这比刚才更惊险得多。观众都不由得倒抽冷气，不敢相信他能够成功。

"这一回他真的会摔下来吗？"蓝色天篷底下人头攒动，观众都非常紧张不安。

可是柯古竟安然无恙地走到了对面。他接受了观众的欢呼，报以深深的鞠躬。他演出成功了。

"这真是举世无双的了不起的节目，"观众热情洋溢地高喊道，"谁能想象一个侏儒竟演出了高空惊险节目。"

大家极度激动，发狂地鼓掌欢呼。在观众的一片欢呼声中，那几个身穿饰有流苏和花边的锦绣彩服的马戏团杂工把柯古从高处接下来。

柯古如今脚踏实地，重新站立在表演场上。在紧靠着表演场的上场口，那两个小丑站着互相交谈。

"其实他这次演出是不可能取得成功的，对不对？按常理说他此时此刻早已摔死了，对不对？"

"那是真诚的爱和高尚的情操给予了他力量。"

欢呼之声不息，侏儒柯古却倚在一根帐篷支柱上啜泣起来。那把公鸡翼翎散落在表演场上。

"难道她竟没有看见我演出吗？"他结结巴巴地说。

可是女艺术大师贝拉小姐早已回去了。

"他赢得了胜利，"一个小丑说，"现在倒痛哭起来。"

"原谅他吧，"另一个说，"他自己也没有明白过来，他创造出了本来根本不可能发生的奇迹。"

一幅圣坛画

在土地肥沃、出产丰富的韦姆兰省，人们不大想入非非，对宗教也不大笃信。那里的人注重实际，忙于世俗琐事而没有闲工夫来关心一下自己的精神世界。不过也不能一概而论，例外毕竟还是有的，起码我就记得在我年轻的时候有过这么一个人。此公素性虔诚，并且用自己的行动坦诚地表明自己的信仰。他是个独立教会人士，也是瑞典传教士协会会员。可是大家对这样一位品德纯正的人非但毫不敬重，反而说他是个惯于装假的非国教派，是个出身不正的旁门左道。冷嘲热讽之余，大家自然也没有忘记给他起个诨号。倘说韦姆兰省人还有点想象力的话，他们在这方面倒的确不落人后。不知道为什么，大家都叫他"运河里冒出来的布姆斯"，或者简称"布姆斯"。"布姆斯"的意思是"马上"或者"一刹那"，至于它怎么同"运河"拉扯到一起，个中奥妙我们局外人就不得而知了。反正有个人随口起个诨号，别人就起哄跟着叫。这位"布姆斯"先生拥有一个小小的农庄，共有八英亩薄田和一幢农舍。这农庄本来是佃农租用的，他买下来时背上了一笔沉重的债。他养着三头奶牛和一匹马。可以说，他是这一带小农庄主中最穷的了。

他的小农庄地处偏僻，离最近的教堂也有十五英里路程。可是无论春夏秋冬、酷暑严寒、刮风下雨、冰天雪地，他总是徒步走到教堂去。那匹马他星期天实在舍不得骑，宁可自己步行，也要让它安安生生待在马厩里或者放到大草地上饱饱地吃青草。他步行上教堂，这意味着一往一返总共要走三十英里路，而这三十英里路是要一步一步走出来的。有人计算过，他一来一回，有一半时间是一只脚抬起离开地面，另一只脚支撑身体的全部分量，也就是说，他加起来要金鸡独立三个钟头。因为，来回一趟总共要花掉他七个钟头，其中六个钟头是在路上走，一个钟头坐在教堂里。他星期天大清早就离家上路，为的是能够在十点钟布道开始之前赶到教堂。他的妻子很体贴顺从，倒并不劝阻他，不过也从不跟着他步行上教堂。他是个矮小瘦削的人，走起路来腰板挺得笔直，两只眼睛目不斜视瞅着正前方。

那座由独立教会资助建立的布道教堂是一幢很小的木头房子，里面似乎没有什么东西值得一瞧的。然而"运河里冒出来的布姆斯"家里屋顶非常之矮，相比之下这座木头教堂要比家里高得多，况且上帝本人也居住在这里。屋里有一个矮矮的平台，上面设了一个讲台，墙上挂了个十字架，平台下面排着几张硬木破长凳。正面的墙壁上连一张圣坛上供奉的耶稣蒙难图也没有，因为教会会员们都凑不出钱来，虽说大家常常议论这桩事情。镇上有位画家曾经表示愿意为这座教堂画一幅壁画，后来也因为教堂负担不起而作罢。这里还常有这样的事情：会员自己背着盆花来上教堂，布道的时候摆上几盆花作为点缀，布道结束之后他们再背回家去。会员们对教堂也作出奉献，那是用手帕包裹着的一枚铜板，这类捐献虽说是诚心诚意的，可是数目实在太微不足道了。

教堂内没有本堂牧师，讲道者常常是当地会员自己轮流担任的。最多也不过是请城里的或者附近镇上的教会会员专程到这里来布一次道。不过来的总是内地会的会员，外地会的人他们是想都不敢想的，因为那些人都要出远门到世界各地去传教。就是内地会来人布道，对于这个有五十多个会员的教会来说也是一桩惊天动地的大事情了。

"运河里冒出来的布姆斯"肯定是会众中境况最拮据的一个，可是他也许是所有会众中作出最大奉献的人。不说别的，单单走这样长的路赶来听讲道就足以表明他的诚心诚意了。他自己从来不在布道会上张嘴讲话，布道结束后也不同别人交谈，他只是默默地听着。可是住在大路旁的那些人家每星期天都目送他步行去教堂。

"唔，现在'运河里冒出来的布姆斯'已经走过来了，"住在他走过的那条路的最尽头的住户说，"那么该是七点钟啦。应该把土豆煮上了。"

日子一天天过去，他除了不知疲惫地步行去教堂做礼拜，居然同他那娴静的妻子生下了一个儿子。那孩子从小就是个淘气鬼，一点不喜欢上学，总是调皮捣蛋，爱恶作剧。后来他长大了就到斯德哥尔摩去谋生，当上了消防员。

那位做父亲的一直非常关注儿子的精神世界，希望他不要走上邪路，不要同他自己的正直而虔诚的信仰背道而驰。可是他从来不对儿子严加训斥，总是谆谆教诲，连一句责骂的话都没有说过。他从心底里疼爱着自己的儿子，对他抱有殷切的期望，儿子起名为约翰内斯，那是因为他指望自己的儿子将来也能像那位圣徒一样皈依宗教。事情结果表明，他的这番苦心和希望并没有白费。

一

在斯德哥尔摩，约翰内斯尝到了冒险家世界的滋味。他干的这个消防员职业使他有机会接触到三教九流、各色人等，但是他所见到的人几乎总是惶惶不安，爱心如焚，甚至吓得要命。他学会了开汽车，成了个开消防车的司机。他驾驶着消防车在首都的大街小巷风驰电掣，警笛震天价响。他觉得神气非凡，优越感十足。

有一天他心血来潮，忽然下决心要到外国去闯闯世界，碰碰运气，于是他动身到非洲去了。他搭乘了一艘驶向桑给巴尔的货轮。半路上那艘货轮失事沉没了，而他却幸免于难，被人从怒海狂涛中救了起来，还平安到达了目的地。他在坦噶尼喀一带周游了很长时间，深入许多黑人聚居地区。后来他来到了一个叫巴赫·埃勒·尼格鲁湖的地区，那里的土著长得特别黑，那里唯一有白人的所在是一个教会站。他这时候旅费用尽，不得不寻找一份工作。这样他就硬着头皮重新接受洗礼，皈依了独立教会，当上了那个教会站唯一的司机。

他不时写信回家。他在信里描写的那些奇异得不可思议然而又非常了不起的事情和经历真叫他故乡那些囿于穷乡僻壤、见识很少的人瞠目结舌。

那个教会站有一辆黄色的瑞典斯康尼亚·伐比斯牌大

客车，是用来接送土著居民到教会站来参加布道会和别的活动的。那些黑人总是全家老幼，带着他们的花格子布小包裹站在大路旁等着大客车到来。他渐渐学会了一点英语，也学了一点当地的土语。到后来，他又找到了一个挣钱的窍门：每拉一个不洁的灵魂到教会来，而且劝得他接受洗礼，他就可以得到五美元的酬劳，有一个人算一个，分文不少。

土著黑人都爱乘汽车兜风，到了乐此不疲的地步，而且不管是哪个地区，几乎所有人都是如此。车上满满地挤着三十多个人，嘻嘻哈哈，打打闹闹，眼看着丛林飞快地后退，都会感到这是无比美妙的享受。正是凭借了这辆神奇大客车的帮助，约翰内斯使得他们皈依了基督教。他不知疲劳地一车又一车把土著黑人载到教会站来，教会站又匆匆忙忙地给每个人施予洗礼。

不久，约翰内斯又想出了一些改进的办法。他在大客车的两侧都涂上一句吸引人的英文标语："救救你的灵魂吧！"教会站墙贴墙地紧靠着一个加油站。有一天，他又拉了一车黑人来受洗，教会里的传教士站在门外等候他们下车完毕，准备将他们领进屋里去逐个施予洗礼。约翰内斯灵机一动，就跑到加油站去拿来个给汽车灌注冷却水用的水桶，连忙塞到牧师手上。他的意思很明白，牧师先生不消一个一个地给他们施洗，如果改用泼水的先进办法，一次就可以为一大片人施洗，这样更节省时间。

对于那些刚刚获得拯救的灵魂还需要做哪些后续工作，这不属于他的工作范围，自有别人来管。他只管开车，刚把满满一车人拉回丛林里的住地，又把另一车人载到教会站来。教会站向国内报去的统计数字简直可观之至，而他的收入也越来越多了。

他也写信回家报告他所做的拯救灵魂的丰功伟绩。他寄去的照片大多是他自己站在那辆大客车旁边，四周围满了黑人。与此同时，他也寄钱给他的父母。那幢贫困的灰色小农舍里美元源源而来。

那位父亲百感交集地抚摸着儿子从天涯海角寄回来的那一摞摞长方形的美钞。可是他的头脑从未因此而发昏。他把寄来的钱的很大一部分捐赠给那个小教堂。那是儿子开汽车挣来的辛苦钱呀！而他自己每星期天仍然安步当车，走那一段长路上教堂去又走着回来。

儿子在国外飞黄腾达了，老子大把大把地点美钞，这样的消息自然不胫而走，很快传遍了这一带。人们对于那些生活发迹、挣到大钱的人素来是另眼看待的。

"那个'运河里冒出来的布姆斯'走过来了，其实他犯不着走路上教堂，他们老两口完全有资格骑马出门。"人们说。

可是"运河里冒出来的布姆斯"却不这么想，他想的是另一回事。钱财对他来说并非稀罕之物。他真正高兴的是他的儿子终于接受了洗礼，而且在传教士之间工作。内地会对他来说已经不得了，而儿子如今居然是在外地会里向外国人传播福音，这对于他囿于穷乡僻壤的狭窄眼界来说简直是想也不敢想的奇迹。正因为如此，他非但自愧弗如，而且诚惶诚恐了。从教会所作的报告来看，儿子的工作出色之至，而且前途无量。

二

有一天发生了一桩儿子自己再也来不及告诉家里，然而事后噩耗毕竟传来的事情。他单身一人开着空的大客车闯进了一个传道事业以往一直没有取得任何进展的土著地区。那个地区叫作布拉瓦格，是高山崇岭之中的一片沼泽地，四周蓬蒿灌木绵延丛生。这片高原大概是远古时代海洋变迁而来的，因此地势虽高却还有温泉。悬崖峭壁底下地势杂乱，一边是广阔的平原，另一边是黄沙滚滚的沙漠，湿润的绿洲间杂其间。

布拉瓦格地区虽然位于高原，却很富饶，山里有的是飞禽走兽可供狩猎，湖泊里有的是鱼虾可供捕捞。那个部落的黑人日子过得很好，生活得自由自在。他们有自己的宗教，信奉自己的生性凶悍然而笑口常开的战神。他们的土王是一个非常骄横自大的人，他以不允许外来的人当面同他讲话而著称。许多到那里去的白人即使怀着善良的愿望也遭到拷打和残杀。

约翰内斯胆大无畏，昂昂然驾驶着那辆大客车进入那个地区。他立即被抓起来，捆绑到一棵树上。他马上就要被处死，可是在处死之前先要有个宗教仪式。他看到那几个要动手行刑的黑人忙碌着把长矛的矛头磨得更尖锐一些，并且端来一个木盆放在他的跟前。就在这时候，那个部落的人和土王本人对那辆稀奇古怪的大客车产生了兴趣，而且这种兴趣要比动手杀掉他的念头更加强烈。部落里没有人会照料这个稀奇的东西。要是他们把他宰掉，那东西对他们岂非毫无价值了？

约翰内斯终于劝得他们改变初衷，把他从树上放了下来。他为他们表演了一番，努力说服他们乘车去兜兜风。土王被说动了心，作为最尊贵的嘉宾登上了大客车。三十多个别的乘客随他之后鱼贯而上，这些人都是他手下的头领或者是部落的耆老。

那辆大客车已经陈旧不堪，浑身七疮八孔，一副老态龙钟的模样。引擎发动的声音嘶哑难听。冷凝器四周滴滴答答不断漏水。轮胎歪歪扭扭，似乎随时都会从车轱辘上滑脱下来。约翰内斯自己心中有数，照那样疲于奔命，这辆大客车难以支撑多久，很快就要报废的。但是拉这一趟还不至于出事，何况车上还满满地载着一车黑人，可以到手一百五十美元哪。

可是大客车偏偏连这一趟也支撑不住。倘若开到山下的平原上，这趟旅行谅必还不至于出大问题。可是在下山之前先要闯过像月球上的山峰一样的悬崖峭壁。他只能顺着开上山去的那条唯一的崎岖山路直冲下来。山路两侧都是不见谷底的万丈深渊。一路上车底盘下面发出轰隆轰隆的撞击声，而且这种响声愈来愈密。车上的玻璃窗震得哐啷哐啷直响，后来还发现了裂缝。车上的乘客被抛来摔去，前合后仰，互相撞挤成一团。但是他们仍旧为这次不平凡的经历而兴高采烈，嘻嘻哈哈地大笑不止。

突然之间，方向盘拧不动了。车身朝着一个悬崖斜驶出去，底下二百来米深的一个深谷张大着嘴巴在等候着他们。约翰内斯无法改变大客车的方向。大客车的一侧轮胎爆裂了，车身倾侧过去，划了一个弧形，摔落到谷底后又翻滚了几次。车上乘客全部罹难，无一生还。

关于这最后一次汽车旅行，约翰内斯本人没有能够报告给家里。可是教会站写了一封详尽的长信将这不幸的事告诉了他远在瑞典国内的家人。

父亲听到这个消息时的反应完全出乎大家的意料之外。

"感谢上帝赐予荣耀，我儿子在灵魂得到拯救后才蒙主宠召。"他十分欣喜地说。

诚实可信的教会站把儿子的所有积蓄也原封不动地寄回他家。那是一笔数目非常大的款子。父亲立即决定这笔钱应该如何使用。

"这笔款子中一文钱都不能归我。我要用这笔钱来为约翰内斯树立一个纪念碑。"

他把所有的钱用来捐献给那座小教堂一幅圣坛上挂的耶稣蒙难图。有一位才华横溢、闻名遐迩的艺术家听到这个令人感动的故事之后，竟降尊纡贵地答应绘制这幅画。那位艺术大师的创作生涯如日中天，到处都趋之若鹜，重金索求他的作品。他倒觉得同那些富人开个玩笑也许会很有趣。于是他决心在这个远离都市的穷乡僻壤创作出他毕生的杰作。这样一来，那个教堂里最穷困的人忽然变成了它最大的捐献者。

"运河里冒出来的布姆斯"一切如旧。在那幅画还在画的时候，他仍旧每星期日徒步来回去做礼拜。到那幅艺术品完成揭幕那一天，他照样步行来到教堂。

旅游者和新闻记者都闻讯赶来参加揭幕典礼，不过他们是乘坐着气派豪华的汽车前来的。

"捐献者在哪儿呢？"

"他从那边走过来了。"

大家看见一个瘦削的小个子男人腰板挺得笔直，急匆匆地朝教堂走过来。他走路姿势很特别，总是抬起一只脚，再把它踩到另外一只脚的正前方，仿佛他刚刚沿着地球的圆周线走过来。

"是您捐赠给这座小木头教堂那幅珍贵非凡的艺术杰作吗？难道这是真的？"人们七嘴八舌地问道。

"是我那个参加了教会外地会的儿子约翰内斯奉献的。请不要提到我。"

他悄悄地走进教堂，神情肃穆地坐了下来，认认真真聆听教诲。那幅画他甚至不敢抬头看上一眼。那个用艺术形象表现出来的正在受苦蒙难的耶稣对他来说太崇高了。在听完致辞讲演之后，他照样徒步走回去，步履匆匆，要早点回到家去清理牛厩的粪便。

"那个'运河里冒出来的布姆斯'还是步行来回啊！其实他才配得上乘坐王室的镶有七面玻璃的马车哪！"人们这样啧啧称赞说。

这就是克瓦斯特隆达那个穷乡僻壤的一座小教堂居然拥有一幅非常有名的圣坛画的由来。

建筑行业

建筑行业简直不是人待的地方，可以说是真正的活地狱。这个行当最令人受不了也最惹人讨厌的就是紧张得不顾人死活的劳动强度。所有的活计都是你追我赶，愈快愈好，这样人人都可以赚够捞足。据到过美国的内行人说，斯德哥尔摩建筑工地上的紧张和劳累程度远远超过大洋彼岸。由于互不相让，各个工种彼此成了冤家对头，连工人也相互不共戴天。可是在一个建筑工地上，所有活计都紧密地联系在一起，结成一个整体，工人们必须分成小组相互配合才能干活，各个工种也必须按照工序先后相互协作，整个工地才能运行起来。有哪个环节出了毛病，整个工程运行就会受到影响。比方说，木匠的活计会因为别人拖延下来而迟迟无法动手，而他们不把活计干完，他们下面的工序也无法接手。木匠的活计不及时干完，就会耽误油漆工。楼梯安装工不把楼梯安装好，砖瓦匠就无法往水泥梯阶上涂抹灰泥。管道工常常会和铁皮敷设工狭路相逢。建筑工地上，气氛灼热得有如雷电霹雳，电焊冒出刺眼的光芒，噪音闹得震天价响，木炭烧得烟气熏天，废渣残料扔得遍地都是，灌注打夯用的材料堆积如山，尘土飞扬得令人睁不开眼睛，而过分的紧张和劳累更是叫人忍受不了。一言蔽之，所有这一切使得建筑工地变成了一座活地狱。

　　建筑工人神经系统的高度紧张也势必传染给他们周围的一切。工人们白天以反常的剧烈进度不顾一切地拼死干活，为的是赚到尽可能高的超额计件工资。到了傍晚，他们无精打采、半死不活地回到家里。他们通常年纪不满五十，身体就完全垮掉了。于是他们被作为老弱病残而摞在一旁，换句话说就是像磨损的机器一样被丢到社会的垃圾场上去。过分紧张的劳动强度、剧烈的竞争、极度劳累的生活、为了计件工资而不择手段，这一切使得他们的一切想法、意识和感情变得十分粗野。结果就滋生出为非作歹的事情来。究其原因，由于劳动强度太高，他们抛弃了对劳动的愉悦和工人之间休戚相关的团结友爱之类美德，恶毒的邪念便乘虚而入，因为大自然是容不得有任何真空的。

建筑物在住户搬进去之前都是默默无闻的，如同无名氏或者匿名者一般。大楼虽然拔地而起，但是没有大门，没有门牌号码，只有密密麻麻的脚手架和从架子上往外蜿蜒的像两条蛇扭绞在一起的双股电线。入夜，孤灯一盏映亮了那幢建筑物的号码，而这盏灯也映亮了许多向往着有个舒适容身之所的人们。这表明那幢大楼正在赶工，务必让人在十月一日之前可以搬进去。

在建筑物附近的大街上有一个带轮子的工棚，样子有点像短途旅行用的房车，工人们可在车上休息，吃自己从家里带来的夹肉面包和存放上下班穿用的衣物。在工棚里，午休的气氛有时候可以变得十分激烈，甚至带有爆炸性。工人们不仅在劳资纠纷时有一条共同对外的阵线，而在他们之间也有一条对内的阵线，这条阵线的营垒常常并不分明，工人之间的怨怼、忌妒、仇恨统统冒出头来，恨不得把他们当中的哪个人撕成碎片，烧成灰烬。竞争毒害了他们的心灵，使他们当中有的人变得心胸狭窄，斤斤计较。

他们坐在一起吃午饭的时候，连各自从家里带来的三明治里夹什么东西也要比个高低。于是三明治里夹的肉片成了表明富裕程度的标志。

"我今天的计件超额奖金本可高得多，若不是那个混账家伙拖了进度使我窝了半天工的话。"文格伦怒气冲冲地对威斯特发作道。

"你的超额奖金关我屁事，我只管我自己的。"

"难道你连工人阶级的团结友爱都没有啦！"

"怎么没有！可就偏偏不同你友爱。"

小酒吧里的气氛更为糟糕，门口站着一个身穿制服的彪形大汉，他的任务是把喝得烂醉如泥的顾客强行架出去，并且阻拦已经喝得醉醺醺的家伙进门来。有些人看来同他很有交情，他们就像共济会会员那样互相点头招呼。而他对另外一些人则不理不睬，连正眼都不瞅一下。酒吧里面，那些浑身穿黑、长着鹰爪鼻子、一言不发的外国籍女招待和收杯盘的杂工正在忙碌着。他们清理桌面，用抹布把被顾客吃剩的东西弄脏的地方擦干净，再把每边四张椅子重新排列整齐。沿着窗户的狭长木箱里种着咖啡馆和小酒吧常见的橡皮树和仙人掌一类植物。柜台附近往往还有个大木桶，里面种着一棵叶子卷得皱皱巴巴的月桂果之类小灌木树。

文格伦和威斯特往往不约而同地光顾同一家小酒吧，而且是这家小酒吧的常客。这也难怪，因为他们住在同一个街区、同一幢房子里，甚至是在同一座楼梯上下的。他们原本就是门挨门的近邻嘛。但是他们俩从未相约一起来喝酒，也不曾有过尽情畅饮之后相扶回家。他们甚至决不坐在同一张桌上对饮。

威斯特在他那家公司里有一份很固定的工作，已经干了好几年了，他的计时工资相当丰厚，超额奖金也很不少。可是近来他渐渐发现，安装不锈钢成套盥洗设备的铅皮匠和油漆屋顶、楼梯的油漆工钱都挣得比他多。再说他们干活的时候身体可以站得笔直，油漆工更是可以站在高高的脚手架上居高临下地傲视所有别的人。而威斯特作为管道安装工却不得不整天匍匐着身子在厨房底下的阴暗角落里钻来钻去，就像一条蛇在缝隙、洞穴之间游进游出一般。

那些油漆工穿的都是雪白的工作服，而他身上却是油腻肮脏、锈点斑驳的蓝色套衫。可是他最恨的就是他的近邻文格伦，而又不得不同他在一起干活，这次他们两人竟分派到同一幢大楼来干活，真是天大的晦气。天下一切事情都是鬼使神差的，他们两人明明不和，却还要硬把他们凑到一起。他越想越有气，觉得自己的晦气都是别人在暗中使坏所造成的。要知道，他已经满四十七岁，离五十大关不远啦。

到了领工资的星期五傍晚，他们两人在回家前总先拐到小酒吧去喝点酒。他们同自己本行的，有时也同别的行当的工人谈得很起劲。他们多半是抱怨生活对自己如何不公道，还有就是吹嘘自己又拿了多少超额奖金。可以说，把自己的职业骂得一文不值，而同时又大言不惭地吹嘘自己在这个行业中如何出人头地，这已成了他们交谈中必不可少的话。

"当个油漆工真太不值钱了，"文格伦叹了一口气说，"拼死累活也挣不到几个钱。就拿眼下的这幢楼来说吧，我除了每小时十八克朗的计时工资，几乎拿不到什么别的钱了。超额奖金现在扣住不发，要到整幢大楼交付使用和计量员验收之后才可以领取。我估计每小时起码也要有二十六克朗。"

其实他估算的数目要比这大得多。

"那么每天至少有二百克朗喽,"他的契友,一个木匠,嚷嚷起来,"嘿呀,三百天乘二百,一年下来就是六万克朗啦。"

"有谁一年能够干二百多天活计的?五万多克朗我大概是能够到手的,也就是说连超额奖金统统都算上去。"

威斯特坐在那里默默听着。啤酒的味道突然变得苦涩起来。他也一样拼死拼活地干,一样有估算员和计量员来验收他的工作,可是他的收入从来就不曾到过五万克朗。

文格伦肚里有两本账,一本是供向伙伴们正式报道之用,而另一本只供他自己内部掌握。在后面那本账上,他的收入赫然写明:起码六万克朗。

"唉,可惜纳税就要纳掉一半。究竟能够到手多少,到下一个开列工资的日子就可以见分晓啦。到那时候我心里就有底了,因为计件超额的总核算表出来了,可以看看我到底估算得准不准确。"

文格伦和威斯特两人都回家去了,当然不是挽臂扶肩结伴同行,而是各走各的路,互相不理睬。他们两家人状况大致差不多。他们拥有同样的表明身价的象征:市面上价钱最贵的成套家具,不过没有一件精品,全都是工厂里成批生产出来、样子非常难看的大路货,屏幕尺寸最大的电视,还有汽车。他们的儿子都上了中学,而女儿都和不三不四的人搭识并且开始吸毒。他们两家的客厅墙上挂的艺术品都是从稻草广场的地摊上廉价买来的。这两套三室一厅的公寓房里都找不到一本书,除了他们孩子的课本。

走进这两家人家就像走进日用品商店，顾客按照各自的生活习惯在里面吃喝拉撒睡，零敲碎打地消耗掉自己的生命。

威斯特坐在沙发上看《体育报》。

"文格伦那小子光是奖金就到手六万多。"他愤愤地告诉妻子。

这两位的妻子出于和丈夫同仇敌忾的需要，也在她们之间划清了界限，互相避不见面，而且互有仇恨。

"他有本事，就随他去好了。"妻子安慰说。

丈夫跳起来咆哮道：

"难道你也为那条毒蛇辩护？"

"不，我没有那意思。我只是在想，我们的日子还过得去。"

那是不消说的，他的生命中不全是晦气，毕竟还有一些闪闪发亮的光点。家里就过得蛮不错。顿顿好饭好菜，还有酒喝，只消想想别的国家人民还在忍饥挨饿，他们这样的日子已经是难能可贵，应该知足了，何况他们还不时上饭店美美吃一顿。夏天他们全家总要到格伦那·隆德游艺场去玩一两次，家里还有汽车，可以开到远处去兜风。

然而最妙的还是休假，这是人人盼望的每年一次的大事情。

有一年夏天，这两家邻居都租借了夏季别墅。别墅的大小关系到他们的面子，他们自然非较量一番不可，结果文格伦租下的别墅最大，出尽了风头。又有一年夏天他们两家都开车出去度假，一直开到最北部，在返途中还进入挪威境内去逛了一圈，不过他们走的不是同一条路。幸好那次度假没有带孩子去，那两对父母受够了罪，险些被蚊子咬死了。

记得还有一年乘飞机到摩洛哥去旅游。去过摩洛哥一次也总算到过了，第二次去重游是想都不用想。还有一次到里伐·德·苏勒去度了十四天假。不过那里也就是那么一回事，去过一次就够了，重游会令人乏味的。

两家的妻子都梦寐以求想弄到一个更大的公寓套房，有更多的房间。可是这谈何容易，尽管她们的男人为别人盖房子，要弄到几个房间却也是难上加难呀。身体很健康，没有毛病，干得动活，这自然是生活中的光点，不过人们不满足于这些，因为身体好没有病毕竟只是生活的前提条件，而不是生活本身，平时是不会有人去注意它的。不管怎么说，休假还是生活中的最大光点，人们有足足一个月的时间可以无拘无束，享受到"自由"。

油漆要三个昼夜才能干透。当然也有新型的塑料油漆可以干得快一些，但是塑料油漆远没有传统的亚麻子油漆可靠和受人信仰。所以城市里热火朝天的建筑行业到底还是离开不了农田、森林和矿山。在等着干的几天里，新刷好的油漆表面非常娇嫩，任何一点擦刮，最轻微的碰撞都会使长时间的精心劳动毁于一旦。整个一大片表面无法修补，必须用砂纸磨平，再重新刷油漆。

在一幢建筑物里有那么多人干活，工地上尘土飞扬，油漆就成了精细的棘手活计。楼梯安装工只消在梯阶上铺上几张牛皮纸就可以保护好他的劳动成果。而油漆工油漆好一个套房便要把房门关紧，挂上"油漆未干"的牌子。然而有时候这也没有用。最好办的是楼梯通道，那里的墙壁呈螺旋形盘旋上升，用不着精细勾勒，只消潦草地刷上就行。正是这种大面积油漆的地方，干活才可以粗制滥造，才可以挣到更多的钱。

工长来了，检查了威斯特的活计，狠狠地训斥了一通。别的管道安装工人负责把上下水道的总管敷设到大楼里来，威斯特负责浴室里的精细安装。洗手池的冷热水管道都安装得很不错，浴缸里的那一套安装得也还可以。可是洗衣槽下的大口径下水管道都装得一塌糊涂，堵水阀门和排水管套管竟然紧紧地拧死在一起了。非但如此，洗衣槽底下地板有点倾斜，垂直的套管管口和横行下水管道的接口之间没有密封住，出现了一条罅隙，以后使用洗衣槽的时候水就会渗出来。威斯特虽然也采取了补救措施，可是为了抢时间，他只把罅隙最朝外的一面用水泥砌了一道垫层。

这只是区区小事，本不值得计较，然而那些吹毛求疵的检查人员却当成对住户不负责任的重大事故，连整个活计能不能验收还要重新考虑。他们似乎存心刁难他，不仅直截了当指出了毛病，而且要求威斯特把砌在套管外面的水泥层砸掉重新磨平。那团水泥像是灰色的小老鼠一样趴在地上对着小题大做的检查人员讪笑。

威斯特原以为这样瞒天过海的手法不会被发觉，可是工长宣布他的活计务必全部返工，否则到最后验收的时候就不予通过。

"一定要把套管紧紧贴住地板，"工长吩咐说，"现在再去看看别的套房。不知道那些活计干得怎么样？"

这样的检查本来大多是装装样子的，哪怕有什么不太大的毛病一般也会睁一只眼闭一只眼地放过去。只要套管把水管的接缝处旋紧在一起，水不会渗漏出来就行，哪怕套管旋上之后再也拧不下也没有人会计较，管道公司也就不必将残次品扔进垃圾堆去了。

工长继续巡视下去，发现所有的三十五套套房都有同样的毛病。倘若威斯特来不及赶在最后验收之前把这一切重新返工处理完毕，他的超额奖金便会全部泡汤，这笔经济损失将是灾难性的。

"地板是斜的，管子怎么能紧密地扣在上面？"威斯特振振有词地问道。

"把套筒也按照地板的形状锯成斜面不就行啦？"工长胸有成竹地吩咐说。

威斯特暴跳如雷，差一点气疯了。这真是飞来横祸。他认定工长是存心同他捣乱，直到大楼快完成交工的时候才提出这番指责。所有工人都已下班回家，他却不得不像个小学生那样下课之后被留在课堂里做作业。验收不被通过是桩性命攸关的事情。一旦通过，谁也不会多去想它。可是在通过之前，哪怕一点小事情也会闹得天翻地覆。

威斯特不得不返工重来。返工干出来的活计总是质量很差的，懊丧和勉强的心情驱使着人们敷衍了事把活计草草干完。威斯特匍匐在地上，浑身酸疼，觉得自己的筋骨都快断了。他形单影只地在这幢空荡荡的大楼里忙碌着，像一条蛇那样从这个洞爬出来再钻进那条夹缝。不过他也并非真的没有伴侣，仇恨始终如影随形地紧紧伴随着他。

他敲敲打打忙个不停。所有洗手池的成套冷热水管道全都必须拆卸下来。那就是说，他要把铺地的瓷砖撬起来，把洗手池端开，再把云石墙壁整块整块地拆下。这样一来，许多别的工人也不得不再干一遍。不过他们手上的活计已被检查通过，现在再干的是分外活计，可以得到全部工资，而他却是白干，一个子儿也拿不到。他得到的将是申斥，还会受到处分，那就将是一场灾难。整个大楼的交工日期被耽误，房客无法在指定的日期搬进来住。他说不定要被开除，或者被算成闲置人员。

他从最顶上的那个套房动手返工，心情愠怒到了极点。文格伦只剩下最底下一层楼梯口的墙壁还没有油漆好。只消再刷一下，他在这幢大楼里的活计就算完工了。等到工作量最后核算出来，那家伙就可以到手一大笔计件超额奖金。

那天恰好是星期五，而且还是个双周发薪日。星期五总是个令人神经紧张的日子，在下班前一两个小时，神经会紧张到出毛病的地步。在一幢大楼快要造好的日子里，情况更为糟糕。

"我听说你干的活计马虎到叫人无法忍受的地步，不过现在你要小心着，要是你碰掉了油漆，我跟你不会甘休。"文格伦粗声粗气地告诫威斯特说，也是最近难得的一次面对面地同威斯特讲话。那是快下班之前，他忽然发现威斯特在最顶上那层早已油漆得闪闪发亮的浴室里蹲下身来动手拆卸管子和拧松卡口。

威斯特心里的怒火顿时从工长身上转到了文格伦头上。他对自己的顶头上司，那个工长，是毫无办法发泄不满的。可是这个他早就暗暗怀恨在心的讨厌家伙现在也来对他指手画脚，当面教训他应该怎样拆卸抽水马桶的下水管，他怎么容忍得了。其实人们最咬牙切齿的往往倒不是上级，而是自认为不如自己的人或者同自己差不多的人，再不然就是自己本人。

"你管好你自己的事吧，我的事情我自己会管。"他不阴不阳地回答了一句，并没有作出什么许诺。

然而他干活时更谨慎一些了，尽量不去玷污厕所里已经油漆好的地方。

文格伦终于赶在下班前刷好最后一笔油漆，这样他就在星期五的规定劳动时间前完成了本职工作，把最底下一层的楼梯拐弯处油漆完毕。他在整个大楼里的工作至此算是大功告成，如今每一层都有一大片湿淋淋的、经不起任何磕碰玷污的油漆未干的墙壁。他一面拉开一根钢皮卷尺比来画去，想要匆匆算出他劳动成果的大概数量，一面用笔在一张纸条上逐项把平方米的总数记录下来。

　　可是很难计算得准确，因为楼梯过道是螺旋形的，而且脚手架还未拆除。尽管如此，他还是估算出来，他这次要到手的计件超额奖金将是最多的，会大大超过以往的纪录，至于能拿到的确切数目，要等星期一核算员来了才能弄清楚，也许比自己估算的还多一些！

　　他把所有的大小油漆刷子都清洗干净，收拾整齐，然后到工棚车上去更衣准备回家。在大楼的最高一层，可怜的威斯特还在辛苦忙碌着返工，他拿自己的处境同文格伦那种逍遥自在的神气对比，不禁肺都快要气炸了。

　　"除了那个鬼东西叫人讨厌，他家里那个老婆也够腻人的，整天只知道往脸上涂呀，抹呀，描呀，然后就站在那里朝你抛媚眼。而我却不得不下了班还在这里卖性命地干，连一分钱超额奖都拿不到，"威斯特满肚子委屈，自言自语道，"可是她懂得什么叫接口套管吗？哼，要不是有人存心挑刺找碴儿，谁能看出这活计有毛病？谁也不明白我要为这一点点毛病付出多么大的代价，而那小子却轻轻松松拿到六万克朗。"

　　他干得越来越没有劲，活计也越来越草率，毛病更多了。管子要么对接不上，要么卡住了口，套筒不是斜了便是歪了，修补完了还要修补。心急慌忙之中，他的手被管道扳钳夹得鲜血直流，那殷红的血溅到了漆好未干的墙面上又弯弯曲曲地流下来。他匍匐得太久，这种姿势难受得叫人直冒冷汗，他觉得这是血汗。看样子这样的活计是很难被检查员通过的。他内心充满了比窗外的夜晚还黑的黑暗。

"这样的活计绝不会被通过，"他自怨自艾地说，"准要挨训斥，还要重来过。"

他走出来到楼梯口透透气，忽然仿佛听到文格伦在下面收拾东西准备上小酒吧或者回家去。

"只要我想，我有本事整那家伙一下，叫他也倒霉，"一个念头在威斯特脑海中油然萌生，"我只消把浴室里油漆未干的墙壁碰坏一些，他也非返工不可。"

然而他没有动手去擦拭浴室里的油漆。他站在那里从旋梯之间的梯井朝下看去。梯井呈圆柱形，从最高的第七层咧开着半米来长的大嘴一直通到最底下一层。它的四周是盘旋而上的楼梯，就像螺丝帽的形状差不多。

倘若有人站在这么高的地方失手往梯井掉下一样合适的东西，而那样东西又能飞溅开来，底下几层刚漆好未干的乳黄色墙壁可要遭殃啦。

"就算害他少挣点奖金，我自己也不会因此而多到手点钱。"他告诫自己说。可是一想起文格伦此刻已经坐在小酒吧里开怀畅饮而且大吹牛皮，他的怒火又升上来了。

他听见大楼里传来乒乒乓乓的关门声，那是日班看门人下班前在锁门，夜班看门人还要过一会儿才来上班。大楼里阒无人影，连一只猫都没有，除了他自己。白天的喧嚣声早已消失，四周静得出奇。

在楼梯扶手旁边倚靠着两袋碎木炭。他不明白这两袋东西为什么偏偏放在这里。

"我倒要瞧瞧这东西掉下去会是怎么个样子。"他想。

那两口袋木炭碎块鼓鼓囊囊，大有向他挑战的势头。大概是有人拿来之后忘记收拾了。

"我倒要瞧瞧是怎么个样子！"

他先拎起一袋，然后再拎起另外一袋，把口袋里的东西一股脑儿朝梯井倒下去。木炭碎块纷纷扬扬往下掉落，在每一层楼梯那里都要磕碰一次，扬起一股尘埃，就像扬谷机簸扬出一股股谷壳一般。细如粉尘的木炭屑朝四处弥漫开来，有如黑色的烟云。楼梯通道刚刷好油漆的湿漉漉的墙壁上全都敷上了一层炭粉。

最下面几层的墙壁上更是斑驳得惨不忍睹。

"我是失手把东西掉下去的，即使他们要责怪我也不能把我怎么样，"威斯特想道，"反正我豁出去啦，无所谓。"他急匆匆沿着楼梯往下走去，看到那些墨黑的炭屑仍像苍蝇般一群群地飞来飞去，落得到处都是。"我虽然要受罪，那家伙也要少挣许多。"他又嘀咕了一句。

内心的空虚迫使他不得不自我辩解一番，因为说到底心里有鬼：自己是干了一桩为同伴们所不齿的坏事，别人知道了是会触犯众怒的。然而他还是用文格伦的飞扬跋扈来开脱自己良心上的谴责。

"他若不是那样冒犯我，他本来是可以躲过这场飞来横祸的。"

威斯特不像往常星期五晚上那样在回家的路上拐到小酒吧去。而文格伦却还懵然不知地坐在小酒吧里高谈阔论，吹嘘自己这次可以拿到创纪录的计件超额奖金。威斯特径直回家，闷坐着看《体育报》。他在那份报上念到人家是如何进行竞赛击败对手的。他忽然感觉到自己老啦，不中用啦，已经被人淘汰下来，排斥到一边去啦。他的日子屈指可数，快要完蛋了。他已经四十七岁了。

　　而下星期一，检查员就要来检查工程质量……

萤火虫的爱情

人间世上再也没有比萤火虫的爱情更令人回肠荡气、更令人扼腕长叹的了。且看那萤火虫，只有雄的才有长长的翅翼，能够随心所欲地翩跹逍遥，而雌的却不长翅翼，只能蛰伏在地。但是夏天草丛中发出荧荧亮光，老远叫人看得见的反倒是那些雌的。雌虫虫体后半部有两个发光体细胞层，底下衬着一块起光线反射作用的晶体。她的绿磷磷的萤火是为了爱情而产生的，是为了把雄虫引到她身边来。雄虫比雌虫要小一些。在交配期来到的时候，他会在温暖的夜空下沿着地面低飞，去寻找雌虫发出的萤火。当雄虫靠近的时候，雌虫会把身体倒转过来，把那盏光芒四射的灯火高高举起，发出信号："我在这里，你找到我了。"

有时候在荒无人烟的海岛旁边的稻草上，或者在远离海岸的礁石上，居然也会有一只萤火虫，孤零零地蛰伏着散发萤光。雌虫大概是随了海船或者几乎任何可以漂流的物体漂浮到这里来的，也说不定是上一辈漂泊到这里来之后就硕果仅存地生下了这么一只后代。海面如此浩瀚无际，四周茫茫一片，决计不会有哪只雄萤火虫敢于不惜身家性命，为情爱而越海过洋来到她的身边。然而她依然无止无休地在憧憬，在召唤，整个夏天不停地发出希望的光芒。秋天来了，她心力交瘁了。冬天来了，她无声无息然而带着终身的憾恨化为尘土随风散去。她不屈不挠、忠贞不渝地发出萤火的那番苦心和努力终于归于白费，未能开花结果，这就是人们常说的萤火虫的爱情。

其实，萤火虫是一种甲壳虫，但是常常被人误认为是飞蛾。在有些偏僻的海岛上，当地的土著女人去参加舞会的时候，常常爱把活的萤火虫夹在自己头发上来作为闪光的头饰。在南美洲，有些萤火虫发出的萤火如此明亮，以至于可以用作读书的照明。在瑞典自然找不到那样大的萤火虫，本地的品种通常都很小。不过它们发光的作用和动机则同其他同类毫无二致。

人间世上委实再也没有比萤火虫的爱情更叫人感叹不已和催人泪下的了。假如说毕竟还有的话，那恐怕只能是人类的爱情了。再说如今人类也时兴飞来飞去地去寻找爱情了。眼下参加旅游团，乘坐包租飞机出国观光旅行已经如此广泛普遍，瑞典的男男女女自然有机会飞出去寻找那爱情的发光点了。

在斯德哥尔摩住着一个名叫玛迪的姑娘。她谈不上长得美丽，容貌平常，身材也不吸引人。再说她打扮得又老派守旧，不是那种引人注目的新潮女郎，可是她为人淳厚善良，有一颗金子一般的心。不过，任凭她内心如何美好，男人不会就此注意到她，对她多瞅上一眼。倒不是因为她长得实在难看，而更多的是由于她身上色彩暗淡、毫无情趣。比方说吧，她同其他许多姑娘一道站在舞池旁边，哪怕她站在最显著触目的地方，男人们照样只看到别的那些姑娘，唯独看不见她，或者说他们的眼光穿过她的身体看到别的姑娘，他们简直就把她看成了空气一般。她似乎是透明的，非但如此，其他的姑娘在她的衬托下一个个反倒显得更美丽。由于这个缘故，她已经芳龄二十，可是还没有男朋友，对于谈情说爱头脑里仍是浑然无知。她的模样叫人一看就知道是瑞典姑娘，金发碧眼，翘鼻子高耸，身材扁平，只在装着那颗金子一般的心的地方微微隆起而已。

玛迪的男主人名叫安卡尔，是个如同通常所见到的瑞典政府官员。那位夫人则是尽心尽职地照料着家务，而且还殚精竭虑地维护这家中产阶级人家的良好名声和体面。安卡尔的孩子们既不聪明也不算笨得过分，同一般的孩子大体差不多。这一家境况不错：有汽车，有夏季别墅，但是也拥有对外国人的害怕、种族憎恶、眼界狭窄，诸如此类的特征，不过这一切也还算适度，没有到太过分的地步。对于玛迪，他们一般也还算是说得过去的，因为如今世道要找到一个勤快能干的女佣委实不容易，要是安安心心常待下去更其难能可贵。不过他们内心里毕竟没有把她真正当作人看待，只是面上佯装如此而已。

玛迪在他们家的大间套房的背阴那一面有一间小小的房间。那间房间面朝天井，窗前有一株花椴树，室内有一张床罩总是覆盖得整齐挺括的床、两只软垫凳、一个五斗柜（柜子上放着她父母的相片）、一个小书架（书架上有一些通俗读物和流行小说），一张铺着桌布的小方桌上还放着一台收音机。每当她晚上出去跳舞而又得不到邀请扫兴而归时，她就会孤独得好像背脊上长出了疥癣般地疼痒难忍，浑身的血液像是在滚滚沸腾。既然住在主人家里，她就不得不检点一些，总是要强自克制不让这种起伏剧烈的心绪变成放声的号啕。同时，她又很庆幸有这么一块属于自己的小天地，她在外面受到了委屈之后可以回家来慢慢地使情绪平静下来。尽管如此，她还是无法排遣掉纠结在她胸头的忧愁，而且这种忧愁还一日重过一日，她担心自己这一辈子恐怕要一直当女佣，直到成了嫁不出去的老古董。

玛迪平时十分节俭并不胡乱花钱。待到积攒到了一定数目之后，她咬咬牙决心放手破费一下，让自己享受享受人生。三月底她有两个星期的假期，于是她预订了一张去摩洛哥团体旅游的便宜机票。她一句外语都不会说，而且还担心乘飞机要头晕呕吐，甚至还害怕会出点什么意外。好在旅行社早将这一切考虑周到，实行了综合保险。再加上她又在概况介绍和示意图上看到要来到那些细洁如粉的沙滩，那微风轻拂的大海，要见到性格似火的西班牙人，等等。所有这一切都足以使得一个被孤独啃啮得像背脊上长了疥癣一样难受的二十一岁的瑞典姑娘怦然心动。她不再踌躇了。

有经验的人常说，那些不嫌其远跑到大加那利岛^①去
旅行的人其实根本犯不着到那里去的，去了只会大失所望。
摩洛哥同那个岛十分相像，许多风景和著名的大加那利岛
大同小异，只不过所有的地方都更小一些而已。比方说那
里的城市不叫拉斯帕尔马斯，而只叫作帕尔马斯。只消听
听名字，就可以明白摩洛哥那地方棕榈树^②不如著名的大加
那利岛多。那里的山谷也不像岛上鲜花遍野，山峰也不那
么险峻、不那么层峦叠嶂，那里也没有多少奇葩异树，广
场上也没有星罗棋布的咖啡座。甚至那些"桑多玛"，就
是说那些专门做女旅游者生意的应召西班牙男人也没有前
一个旅游胜地的同行那样魁梧壮健，他们往往是比较消瘦
单薄的。然而，到这里来的瑞典女旅游者却比到那个岛上
去的要肥胖臃肿得多。试问那些年少英俊的西班牙男人为
了吸引自己的女同胞的青睐究竟做过哪些努力，因为当地
的姑娘们谈恋爱时只是昏昏欲睡地坐在那里充当摆设而已。
青年男女的约会是由两家的父母商定的，男婚女嫁也是由
父母来做主定夺。一个姑娘在结婚之后，那个男人就再不

---

① 大加那利岛，西班牙岛名。

② 在西班牙语中，帕尔马斯（palmas）即棕榈之意。

会好声好气对她说几句动听的话，也不会做一些温柔的表示。正好，城里和海滩上瑞典女人有的是，要多少有多少。她们在黄澄澄的、铺满如沙漏里的细沙的沙滩上躺得到处都是，躺得四仰八叉，赤露着一身绯红色的肥脂赘肉，被阳光晒得汗水淋漓，浑身油光发亮，似乎在发出信号："没错，你尽管来找我好了。"

在所有这些油光发亮的躯体和灵魂里真不知道蕴藏了多少孤独烦恼！这一切对于玛迪这样涉世不深的姑娘自然是令人震惊和十分冒险的。她事先交了一笔差额费用，所以她不必像旅游团里不少团员那样两个人合住一间房间。到达旅馆后，她分到了一个单间，那间房间小得没法说，比她在斯德哥尔摩家里的房间还要狭小得多，不过总算自己有了一个角落可以免得被哪位女同胞咻咻鼾声吵得无法睡觉。那是外国人麇集的城市埃尔坦雷诺的一家简朴无华的便宜旅馆。而就在不远的海滩上耸立着一座高入云霄的摩天大楼，那是德玛尔大酒店，沙特阿拉伯前国王就驻跸在那里。玛迪是从流行刊物上阅读到的，像她那种类型的姑娘自然对王室新闻很感兴趣。那位前陛下把豪华的宾馆占了差不多一半的房间，他带着正规妻子中的十四位（远不是全部）、一大批儿子，还有许多保镖、厨师和司机。不过她觉得他的处境无论如何总是悲剧性的，因为他是个没有国家的君主。从来到这里的第一分钟起她就觉得她要找个机会向沙特阿拉伯前国王表示自己的怜悯和心意。她在那个小得可怜的旅馆房间里安顿下来，把行李打开，就在同时她开始忐忑不安起来，对外国人的恐惧和对将要发生什么事情的好奇使得她惶然不知所措。她觉得背脊隐隐作痛，身上阵阵发冷，周身在起鸡皮疙瘩。那是由于过分紧张。

　　她是临近黄昏才到达那里的。那一天没有别的事情可做，只有早早地吃了晚饭，到街上去遛了一圈看看商店。回来之后想找个把合得来的女同胞说说话，可是找不出来，她只好回到自己房间里独自闷坐到入睡。

　　第二天一大清早，玛迪就到最大的海滨浴场去洗海水澡。棕榈树发出簌簌声响，天气炎热晴朗，山脚下还可以见到有山岚缭绕，面前是浪潮拍岸的地中海。她临来之前已经念过关于海滨浴场的描写，可是来了一看却比描写的还要美好，真是一番无比的享受。

　　大群大群的浴客或是叉开手脚躺在细沙绵绵的海滩上，或是躺卧在像霓虹般彩色缤纷的太阳伞下的躺椅上。他们的身体千姿百态，都侧向炽热的太阳，让阳光晒遍全身。他们往身上涂抹防晒油膏，他们交头接耳娓娓交谈，他们嘻嘻哈哈放声大笑，他们眉来眼去卖弄风情。更衣室也是五颜六色的，她一眼就认出了瑞典的蓝黄两色和旅行社的标志。

　　玛迪对她的同胞姊妹们憎厌得作呕，那些女人在男人面前都表现得经验丰富、恬不知耻。她觉得自己脱掉衣服躺到海滩上去晒日光浴，成为那些人中间的一个，岂不叫人难为情得无法活下去了。她也害怕，别人会看得出来她背脊上长着孤独症的疥癣。到了后来，她还是硬着头皮开始晒日光浴了。她从旅行社代理人手上租了一张躺椅，把早先买的一件朱红色廉价游泳衣换穿在身上。她这样将心一横迈出了一大步后，心情反倒平静了许多，觉得自己穿着泳装的姿态还是挺可爱的。她看看四周，大多数人的皮肤不是被太阳晒得通红发亮，就是成了皮革制品那种棕褐色，而她自己的身体却苍白得像是凡士林一般。她晒了一会儿就翻过身来再晒，想要这样来回翻着身晒使浑身很快就涂上一层棕色。她一边这么晒着太阳，一边思绪联翩，想着不知道会有什么事情发生。

玛迪在那里躺了没有多久，就有一个人出现在她的身边。她吓了一跳，起先以为是个臭名昭彰的桑多玛，定睛一看原来不是。那是一个非常年轻、长相说不上十分英俊但也很过得去的西班牙男青年。他不属于那种肌肉发达的斗牛士的类型，身上穿着十分简朴甚至可以说是一副寒酸相。一眼就可以看得出来，他也不属于躺在海滩上晒日光浴的那一群有闲享受者，他畏畏缩缩地站在一两米之外，张大着嘴巴瞪着她。

"何塞。"他指指自己棕色的胸膛说道。

她一点也听不懂他在说些什么，不过觉得他的语言听起来像是音乐般悦耳。他用许多手势来表白自己，同时又无限钦佩地看着她那裹在西红柿一样颜色的游泳衣里的白种姑娘身体。后来，他干脆一屁股坐下，匍匐在躺椅椅腿旁边，似乎要来保卫她，不让危险伤害她。这就开始有点冒险的味道了。

"玛迪。"她思索良久之后明白过来，便点点自己说道，免得不回答人家显得很没有礼貌。不过她心里宁愿敷衍了这一句就可尽快结束这种攀谈。

然而他却坐得更靠近了，靠近得太过分了，而且还动手摸摸她的脚踝。她狠狠地摇头，脸上摆出一副冷若冰霜的神色。于是，他就大大增加了对她崇敬爱戴的强度，他似乎非常失望伤心的样子，不断用手势拥抱她。在瑞典国内，她可是从来没有享受过千分之一这样的待遇。他那双深色眼睛里所流露出来的爱情要比他的语言和手势更多。经过一个来小时的骤雨暴风般的表白之后，他终于忧伤地站起身来走掉了。她舒了一口气，觉得他只不过是个贫穷而善良的西班牙男孩子，碰巧看到了她，便上前来献殷勤，纠缠了她老半天。与此同时，她觉得他长得倒挺讨人喜欢。

"不管这些，要紧的是我先晒晒黑，"她思忖道，"假如那小伙子再来找我的话，那才表明他对我真心有点意思哩。"

四

有谁能说，一个没有见过大世面的年轻瑞典姑娘内心深处就没有隐藏着一团火焰般的激情呢？那团火焰是活生生地存在着的，只不过她的宝贵财富尚未为人发现而已。这根本不能够说，她生性轻佻。这是两回事情，同轻狂淫荡毫不相干，甚至可以说是恰恰相反。那内心深处是非常纯真、非常贞洁的，全无半点放荡或者风骚。她一心只想爱和给予。她的这番拳拳盛意是如此真实诚心，就像田野上开出蓝色花朵的亚麻所织出来的洁白的亚麻布一样。

傍晚，在玛迪坐在餐厅里等候着和旅游团团员们一起用晚餐的时候，她听到了那些半老徐娘用污秽不堪的下流语言高谈阔论她们称为桑多玛的海滨浴场的情人。她们公开讲到怎样请那些桑多玛喝烈酒和吃水果用以煽起他们的激情，也为了增添一些情调使自己更加陶醉兴奋。当然除此之外，她们还要给他们钱花的。

一个穿得花枝招展的家庭主妇大言不惭地高声说道：

"我有一个，每天只消付给他一百比塞塔①，不过我当然还要免费供应他吃喝。我吩咐他干什么他就干什么。这

---

① 比塞塔，西班牙及安道尔在 2002 年欧元流通前所使用的法定货币。

个家伙还真有点本事，不像我们国内那些男人个个都是窝囊废。我们国内的那些男人弯起胳膊，连肌肉都凸不出来。我真不知道以后拿他们怎么办。"

一个胸部扁平、脸上敷着厚厚的脂粉，样子有点叫人想起安卡尔夫人来的中年家庭主妇说道：

"我雇的那个才十六岁。我一切都必须要从头教起，不过这倒也划得来。我西班牙语懂得不算少，所以我能够同他达成协议付给他一个便宜的价钱。到了晚上，我总是关照旅馆看门人，这样他就可以在这里过夜。"

"才十六岁，那么个小不点儿？差不多可以当你儿子啦。"

"我的那一个真是可爱，"另一个年纪稍长一点的太太说道，"我还没有孩子。不过不必为了这个缘故就不敢享受人生的乐趣。"

"千万小心，"有人嗤笑地对她说道，"别回到国内就生个把出来，这怎样向你丈夫交代？"

那个穿得花枝招展的胖家庭妇女讲起她的桑多玛，眉飞色舞得像株向日葵一样。

"人生短暂得很。你以为我把两三张上千克朗扔进大海里，难道就是为了躺在这里晒成咸鱼干吗？难得有一回尝尝跳蚤的滋味也不赖。"

"你不要得意忘形啊，"有个早先没有开过口的女人说道，"如果说你没有怀上个孩子，那也说不定会有别的什么结果，比方说传染上点脏病。"

"你自己才要传染上呢。"

这些交谈真是叫玛迪恶心得连晚饭都吃不下去。玛迪觉得自己活像生活在老鹰窝巢里的一只鸽子。她更瞧不起这些同胞姊妹了。她们整天躺在海滩上，转动着那紧紧裹在游泳衣里的身体，抬起晒得通红的大腿。其实她们都在装模作样，她们是付了钱来放浪一下。可是她想到了何塞，不禁高兴起来，他选中了她不是为了什么别的，而就是为了她自己。她讨厌那些可以随召随到、拿女人的钱过日子的男人，不过有一个善良纯朴的当地小伙子倾心爱慕向她大献殷勤那就另当别论了，再说他长得又很好看。她顿时觉得自己要比那些太太高贵得多。那天晚上，她决定把事情好好地思考一番。

那天的夜晚是漫长的，溽热得叫人透不过气来，玛迪辗转反侧，难以入眠。她想了许多许多，她来来回回地想着这件事。她觉得自己应该惜身如玉，她想到首先要弄弄清楚那个小伙子究竟是真心来找她还是逢场作戏开开玩笑。她又想到，自己好不容易有这么一个机会出国见识见识大世面，难道就这样把生活的欢乐拒而不纳吗？难道这样的机会还会再来吗？想着，想着，她有点拿不定主意了。她觉得自己太迂腐了，拘泥于老派守旧的观点，已经跟不上潮流了。想来想去，这一夜总算过去了。

第二天，何塞果然又在同一时间、同一海滨浴场、同一地点出现了。显然，他在海滩上成百上千个女人中唯独选中了她。她忽然觉得自己丝毫不比海滩上的那些女人差到哪儿去，不仅毫无逊色，甚至比她们还要好得多，她几乎觉得自己是世界上绝无仅有的女性。他的行为举止同前一天相比也大变样了。他表现得更加温顺、更加同志式，似乎他们是相识多时的旧友重逢。这一来他就更显得讨人喜欢了。她觉得自己在心里早就把他看成是一个熟人、一个朋友，她愿意为他出力帮上点忙。

"玛迪。"在他说了一长串音乐般悦耳动听却又一个字也听不懂的话后，她这样回答道。

他在她身边坐了很久，后来终于得到了她的旅馆地址和房间号码。他们俩还共同在她的小手表上指点清楚当天晚上他几点钟可以来登门拜访她。他在得到这个音讯之后便哼着歌曲走掉了。

她在乘公共汽车从海滨浴场回去的路上遇到了贵宾车队，一长串凯迪拉克牌黑色豪华型高级轿车。在最前面那一辆里，沙特阿拉伯前国王独自一人坐着，痴呆呆地直瞪着正前方。从汽车玻璃窗里望进去，他倚靠在后座上显得十分憔悴，而且脸色苍白得很，黄中泛青。在他后面的那一长串汽车里连一个女人都没有，玛迪确信自己的眼睛没有看错。

玛迪觉得有一件惊天动地的大事快要在她生活中发生了。她居然破天荒地遇上了一个狂热地爱慕她、温柔体贴地向她大献殷勤的异性，而那个白马王子居然是个年轻潇洒、相貌不俗的外国人！她居然邀请了那个西班牙小伙子来登门拜访她！她不再自惭形秽嫌自己长得难看了，她觉得自己虽然不是天生丽质、明艳照人，但毕竟也长得窈窕可爱、楚楚动人。她不明白自己从哪里得来的那么一股勇气，而同时却又为自己的胆大妄为而浑身燥热不已。

在回旅馆的路上，她买了一瓶葡萄酒和几个水果。傍晚那个约定的时分快要临近时，她已经正襟危坐恭候良久了。她让房门笔直敞开着，心里却一直在担心，唯恐他不会露面。

五

果然不出她所料，何塞只不过十九岁，是个贫穷的铁匠学徒。他的双手皲裂皴皮。他的黑头发上积满了油垢，长得连前额都遮住了。她倒觉得这副样子没有什么不好，总比那些斗牛士类型的看来要顺眼得多，不像他们那样俗气。当他踏进她那间狭窄的，墙壁、地板和家具都被早先住客糟蹋得不像样子的房间里，胆怯得不知如何是好。他腼腆地在那张唯一的椅子上坐了下来，两眼直怔怔地望着她。玛迪自己坐在床沿上，因为再没有别处可坐了。四目相睃了很长时间之后，她恍然明白过来，这里她是女主人，应该由她主动款待客人。于是她动手打开酒瓶瓶塞。水果是她早先堆放在一个盘子里的，这样可向客人表明他可以自己任意拣取。可是她这时忽然发现买的水果本来就不多，这么一放反倒显出了寒酸相，而且俗气得很，她真后悔不该那么小气，当时应该再多买几个才好。他们两人喝了点葡萄酒，吃了一点水果，然后两人又你瞧着我、我瞅着你，不知道怎么办才好。

何塞难道不把她看成是个土里土气、傻头傻脑的瑞典农村小姑娘？她本当要张口问问他，可是没有说出口来。昨天晚上她还觉得自己已经胆大包天而且过于自信了，可是此刻那股勇气却消失得无影无踪。他倒张嘴叽里咕噜说了好些话，可是那些话只消像音乐般悦耳动听就足够了，意思她却无法明白。她从来都觉得瑞典语是用来讲话的，用来表达意思的。但是这时候最需要讲话，最需要表达意思，可怜的瑞典语却偏偏丧失了这个功能，她无法讲话，只好沉默。后来她灵机一动，想到既然语言不通，还不如多动手款待款待客人吧。

她为他切开了一个柑橙，把橙片递给他，无意之中手背擦到了他的肩头。他很不好意思，频频点头致歉。为了不使他难过，她拍了拍他的肩膀。忽然，他的眼光里露出了异样的神采，猛然扑了过来。于是一桩意想不到然而却又在意料之中的、既热切期待却又担心不已的事情发生了。她没有拒绝，她爱上了他，因为他毕竟是个黑头发、棕色皮肤、十分讨人喜欢的外国小伙子。他成了她生命之中的第一个也许应该成为唯一的终身伴侣。她觉得自己忽然长大和成熟了，不仅是身体而且灵魂也是这样。她仿佛浑身陡然充满了信心和力量。

他的年纪比她小一些，所以她觉得自己是一个美丽的大姐姐，她要主动地引导他。她觉得自己娇艳得像是清晨沾满露水的花朵，含苞吐蕊，芳馨扑鼻。她觉得自己需要爱，就更应该给予别人爱。她觉得自己胸中蕴藏着母爱的温暖，她把那个外国小伙子看成自己的幼弟、自己的孩子，而且就像爱抚小弟弟和孩子那样爱抚他。何塞似乎也善解人意，没有把她看成是个笨头笨脑的、什么都不懂的农村姑娘，仍旧像对外国公主或是贵族千金那样崇拜着她。她倾注给他的如火焰般的热恋大概使他惊奇，使他诧异得失去了主张，现在她要帮助他重新恢复自信。就在这样幸福的时刻，她忽然又联想到了那位被废黜了的沙特国王。在她浮想联翩的幻想中，她真想赠给何塞一个王国，这个王国是由她的灵与肉的力量武装起来的军队所把守的。

这个城市风光十分旖旎。在拉洛恩亚港口前面排列着成行的高大棕榈树，海港附近有专供游客观光用的出租马车车站。石砌的码头上从早到晚都坐满了兴致勃勃的垂钓者。城市里古迹不少。有摩尔人时代留下来的居屋，也有西班牙征服者时代的城堡。一座气氛肃穆的修道院。一道雉堞俱全的古城墙。一个斗牛场。城里还有寺院花园和罗马时代的遗址。海滨浴场自然是愿意皮肤变成棕色的人所每天必到的中心场所。大型的旅游观光客车还把旅客载往更远一些的风景点和山上的洞穴去。

玛迪对于这类她本来应该而且早先也确实是兴致勃勃的观光游览无动于衷了。她首先要确保必不可少的实质性项目，这样放弃一些走马看花的游览观光是在所难免的。而对于她来说，必不可少的实质性项目就是那个何塞，或者说全名叫何塞·瓦兹克斯。玛迪甚至连海滨浴场都不去了，因为那地方远不如她自己掌握命运重要。他们不在旅馆里待在一起的时候，她便会陪着他四处散步。她还没有来得及到他住的地方去看看，也还没有去拜见他的父母亲。她渴望着去见见他的父母，不过现在就去拜访却没有什么意思，因为她连一句西班牙语都不会。她下决心要学西班牙语。只要她能够粗略地讲上几句，她就去他的父母家拜访，同他们好好谈一谈。

他们俩常常上小酒店和小咖啡馆去吃饭，他们俩紧挨着坐在一起，用那种令人销魂的、脉脉含情的眼光你看看我，我看看你。他们吃喝都非常节省，而且总是由她付他们俩的账。她这样做是因为何塞为了陪她而没有去上班。

她不愿意让他吃亏，所以她每天都塞给他几十到上百比塞塔，这样他就不会由于口袋里空空而感到丢脸。他第一次拿到钱的时候很不好意思，不过在她再三催促逼迫之下，他还是收下了。年轻的恋人们都愿意互换所有的东西，他们俩也一样。他拿起蛋糕刚咬了一口，她就赶快拿过来吃掉，而把自己的那一块换给他。他刚点燃一支香烟，她就愿意抽那一支。他们俩交换盘子、碟子、刀叉、杯子，什么都互相交换着用。

就这样，十四天的假期飞快地过去了。那些日子简直就像燕子般一掠而过，因为对于两个沉醉在爱河里的年轻人来说总是时光嫌短、欢娱不够的。

"马尼亚纳"是她真正学会的唯一的西班牙字，那是"明天"的意思，因为他们总是相约在明天见面。不过通常只隔了一两个钟头，他们就重新见面了。何塞常常避开旅馆看门人的耳目待在旅馆里过夜。后来她干脆塞了点钱给看门人，他们也就睁一只眼闭一只眼了。

有一件事情，玛迪心里一直很清楚。她知道何塞决计不可能像同她在一起那样去同他的年轻女同胞们厮混。一个西班牙姑娘若是婚前失身了，更不消说她是心甘情愿的，那是决计嫁不出去的，而且会被人瞧不起，被人骂成"那个贱货"。玛迪觉得西班牙姑娘这样未免严峻得有点过分了，她们只接受男孩子的邀请而总是不肯给予他们什么，哪怕一点点甜头都不可以。相反，她如今倒觉得只要两人真心相爱，那么他们所做的一切都是高尚的，都是宝贵的。她拿自己同本国来的女同胞相比，觉得是可以自豪的，因为那些女同胞所追求的只不过是海滨浴场上的露水般的关系，而那些男人根本不爱她们，仅仅是看中了她们的钱包而已。她也为那些至今仍旧形单影只地走在街上的姑娘感到抱歉，因为她们没有像她那样已经找到了一个真心爱她的伴侣，她们还要怀着渴望等待一段时间。

　　玛迪在摩洛哥的帕尔马斯城逗留的最后几天里，她带着何塞到照相馆去，不是那种在海滨浴场到处向旅游者兜生意的设备简陋、立等可取的快照摊，而是闹市区的一家真正的大照相馆。她要为自己心爱的人照一张大照片，也给自己照了一张。在她临走之前照片冲印出来了。何塞的照片在她看来简直太美啦，他的脑袋黝黑而粗野，像是个牧羊少年，很有点男子汉的阳刚之美，就像一个刚从山上策马疾驰下来的骑士，一双充满情爱的、火辣辣的眼睛笔直地凝视着她。她对自己的照片不满意之极，一个碧眼金发的瑞典姑娘的脑袋，毫无神采风韵，叫人一句好话都说不出来。

　　他们俩交换了照片。何塞双手捧起她的照片不断地亲吻，还把它紧紧贴在自己的胸口。玛迪很不好意思，因为她做不出这样肉麻的动作，只是在内心里深深地爱着他。她也吻了一下他的照片，不过她可以感觉得出来自己心慌意乱，动作笨拙难看透了。她只好把他的身体拉过来让自己紧贴着他，把头靠在他那瘦削的胸膛上，这样她听到了他的心跳。她觉得自己幸福极了，陶醉得如痴似痴，几乎快到了死亡的边缘。她那么狂热地、不顾一切地热恋着，真是无忧无虑，真是有福啊！可惜日期已到，她不得不动身了。在回家的路上，她这才尝到了爱情的愁苦。

六

　　玛迪又在斯德哥尔摩的安卡尔的家里安下身来，同过去一样仍旧在那间小小的女佣房间里，那里一切仍旧小巧精致、舒适惬意，那张小床的床罩白天依然盖得整整齐齐，从窗口望出去已是初夏的景象，那株花椴树已经含苞怒放了。环境没有变，唯一的差别是她已经不再是一个沉默寡言、内向冷漠的少女，而是一个成熟的妇女。不过细看一下，那个房间的环境也起了变化，她把何塞的大照片放在小桌子的正中央。她把照片镶在弯成凸面的有机玻璃镜框里，这样照片就更富有立体感，表现力更强烈。无论是谁只消一走进房间就免不了一眼看到那个年轻的西班牙人，而且会马上明白过来那是她的未婚夫。

　　内心世界的变化太大了。玛迪不再感到自己是个叫人退避三舍的、不被人注意的、缺乏女性美的姑娘。如今正好相反，她觉得自己是个善于心计的、吸引力强烈的女性，是个被人家大献殷勤而宠坏了的女性，是个真正体会到火焰般炽热恋情的女性。她所经历的那种热恋要比大多数年轻瑞典姑娘的强烈得多，她相信她们无此福分消受到她的经历。这种特权使她得意得飘飘欲仙。她怀着这样的心情去为自己营造起一个崭新的世界。

　　语言隔阂成了前进道路上的最大绊脚石。倘若何塞说起关于结婚的事情，而她却不予理会，那岂不误了大事。说不定他早就讲过了多少次，而她却莫名其妙。不过玛迪十分要强，在这类敏感事情上是不便张口去向别人讨教那些外国字是什么意思的。反正她觉得他们俩之间的爱情已成定局而且他们会终身厮守在一起的。她凭直觉就可以断定事情必然是如此的。对于她来说，这种确凿无疑的信念甚至比语言还重要。所以她安安心心地等待着，等着他主动提出结婚的要求。

至今她还拿不定主意，这桩事情的实际问题究竟如何解决才好。她必须要在两种办法之间择其善者。要么让何塞移民到瑞典来，他可以在哪个五金工厂找份工作，他们俩可以在瑞典本土结婚。要么她就移民到他的国家去，在那里同他结婚生根开花。有这样的选择自由就使她激动不已。她觉得不宜过分匆忙地作出决定。不管怎么说，她开始在一个函授语言训练班里学习西班牙语了。

她在一家商店里发现了一些西班牙服装，于是她开始穿着西班牙式了。在瑞典暮春初夏的天气里，她居然浑身皂黑，而且还披着玄青色的大丝披巾。她还到处去打听改信天主教之后要注意哪些戒规。在那些晚上，她总是闭门不出，认真地筹划着嫁妆和婚礼。不过她煞费苦心，还是确定不下来，因为她弄不清楚婚礼到底在瑞典还是在西班牙举行。她上街的时候，总觉得何塞就走在她的身边，形影不离地陪伴着她。她写信给她父母，告诉他们说自己快要结婚了，不过她不敢吓着他们，所以信里暂时一句都没有提到她有朝一日不得不移居国外和皈依别的宗教等等。

可是安卡尔一家人却看成玛迪翻了天，闹得全家鸡犬不宁起来。安卡尔夫妇既讨厌她身上的外国打扮，也忌讳她桌上供着的那尊皮肤黝黑的年轻神道，尽管后者一点没有招惹他们。这家人对于异族是深恶痛绝的，他们把这些人都称为卑贱的"黑鬼子"。他们盘算来盘算去，觉得即便如此，也总比那些轻狂的女佣常常把男人拉到自己房间里来幽会要好得多，因为那房间总归是在他们的公寓套房里的，也就是说是在他们自己家里的。他们虽然十分愠怒，但是却没有直接讲出什么呵斥的话来，他们希望引而不发地等待一段时间，玛迪会回心转意，起码把穿外国衣服的毛病完全改变过来。玛迪却浑然没有察觉，非但如此，她还热心地想把安卡尔夫妇也拉进她自己的那个圈子中来同他们一起分享自己的幸福。

"我可以烹饪出十分可口的西班牙菜肴来，倘若主人家有兴趣尝一下的话。"有一天她终于启口说道。

"我以为瑞典的菜肴也很可口嘛！"安卡尔夫人冷冰冰地说道。

"西班牙菜有好几个有名的佳肴，夫人和先生不妨尝一下。"

"瑞典菜很对我们的胃口，"安卡尔夫人语带奚落地一口谢绝，"我相信我们是不消去学什么外国名堂的。"

玛迪碰了个钉子然而并没有就此灰心，她在所不辞地担当起为全西班牙的利益而大声疾呼的重任。她又转向安卡尔先生本人呼吁了。

"西班牙有许多种美酒，而且价钱非常便宜。"她诤诤进谏道。

安卡尔先生吃惊得连连喘着粗气，仿佛有人要把他从社会的中坚地位上推向底层。

"我素来爱喝法国酒，"他喃喃地说道，"我通过毕生的实践对于品酒之道非常内行，鉴赏力不俗，用不着别人来指点。再说价钱贵一些，我是不在乎的。"

于是，她只好退而求其次，转向她的女友，她邀请她们到她这里来喝咖啡并且聊一个晚上的天，其实这只不过是一种托词。女友们一来马上就把那一尊年轻的外国神道团团围住。

"哦，你们订婚啦？"

她自己认为这是不消说的，他们岂止是订婚了。既然人生这样慷慨地赐予了她幸福，她自然不可以显得小家子气，用不着忸怩作态。

"是呀。"她落落大方地回答道。

"你真打算同他结婚？"

"那当然喽！"

"那么你们是定居在瑞典还是你移民到那边去呢？"

"我们还没有真正决定下来，还来不及考虑事情究竟怎么办才好。"

"他的名字真的叫何塞·瓦兹克斯吗？那样的话，你就要改名成玛迪·瓦兹克斯，或者还有什么别的名字？"

"没有那么简单。他们的语言里用好几个名字。我大概要改名成玛迪·何塞·瓦兹克斯太太哩。"

"他热烈吗？粗野吗？他是不是与众不同？"

玛迪心里隐隐约约有股怒意在上升，因为她的女友们全然没有当真对待这桩终身大事，她们的口气好像在暗示这桩公案已到此了结，对于这类风流韵事犯不着过于认真。

"他是我的一切。他有点粗野，不过对我温柔体贴。他是没有人可以相比的。"她提高了嗓门说道。

女友们没有在乎她的大声疾呼，她们只对那小伙子的长相还多少有点好奇。她们把那张镶嵌在弯成凸面的有机玻璃里的大照片细细端详之后便各自会意地微笑点头，因为她们看到的不过是个相貌一般的半大小子而已。她拿出何塞的信来让女友们看。那些信对于她们来说就像她自己一样是什么也看不懂的天书，可是她们对来信的长度和龙飞凤舞的书法倒还啧啧称赞了几句。于是女友们便一个个站起身来告辞了。

　　玛迪把每个月工资的一半寄给何塞。她觉得这是她力所能及的对他的最起码的奉献了。她不愿意他光靠铁匠铺那一点点微薄的学徒津贴来过日子。他挨贫受苦使她心里十分难过，因为他对她来说远远不只意味着生命的另一半，而且从根本上可以说是意味着生命的全部。她真想把全部工资都寄给他，不过她自己总还需要留点钱买点东西。她想买几件漂亮的衣服，好让他见面时更为惊喜。她也毫不掩饰地告诉她的熟人她每月把一半工资寄给她的西班牙未婚夫。她觉得这样做是理所应当的，因此光明磊落得无人不可相告。可是女友们都嗤嗤地掩嘴而笑。她非常生气，心里暗暗骂她们是一群没有见过大世面的、土气十足的农村姑娘。不过她还是原谅了她们，因为她自己很幸福。

　　在这段时间里，他们之间书信源源不断。玛迪学了那一点点西班牙语仍旧看不懂信上写的什么。她把信拿到一家翻译社去出钱雇人翻译出来。何塞的来信总是如火焰般地炽热，而且字迹龙飞凤舞潦草得很，好像是一位骑士在策马驰骋上山的时候还要抓紧时间伏在马鞍上奋笔疾书一样。他在信里细致周到地感谢她寄钱给他用，那些话写得倒很一般而且有点像老生常谈。可是写到爱情的那些段落真是精彩得扣人心弦。那些语言就像娇艳的玫瑰花忽然盛开，就像黑夜之中忽然升起了色彩缤纷的烟火，就像那边南国山区的夜空忽然被火光映得通明。他在信里提到，她务必要理解清楚他的国家那面国旗上的图案和颜色。那是太阳的红色光芒和斗牛士的黄沙场地。"爱我吧！否则我就杀了你！"信里赫然写道。这些信常常都可以成为完整的诗篇，可以感觉得到西班牙女人用的那种大折扇所扇出来的熏风和听得到夜莺的婉转啼鸣。玛迪一直还不知道，何塞竟然感情丰富，那么富有诗意，而且写得那么动人。现在才注意到，原来诗神一直在南国的上空遨游。玛迪把这些信的译文拿给她的女友和熟人们看。他们不得不承认，确实有一团火在这些信纸里燃烧着。她也把译文拿给安卡尔夫人去看。可是她只连连摇头，并且说了几句叫玛迪再也不要理睬一个"黑鬼子"之类的话。她把玛迪看成是个缺乏个性和理智的下等人，所以并没有怎么细想，只是把期望寄托在这一切很快就过去了事。

玛迪自己的信写得干巴巴的，而且叫人一眼就可以看出是个文化程度不高又不善于写信的人写的。可是她信中的内容却是充满了真正的爱情，表露了诚挚的内心，并且送来了北国的太阳所能发出的温暖。她用瑞典语给何塞写信，他也不得不求教于某个懂这门语言的来翻译。她本想写得更加充实、更加丰满和动人。她本想用些美丽的辞藻把信点缀得更美好一些，也讲一些自己国家的风土人情，描写一番自己家乡山坡上的欧龙牙草、路边的萋萋茸茸的款冬草，还有到了秋天才成熟的红色的牙疙瘩。不过她不知道这类东西究竟能不能翻译得出来，万一要是翻译错了，岂不是误了大事。所以，她的信总是那么真心，也总是那么干巴巴。

每天晚上，玛迪都把何塞的信藏在自己的枕头底下，她感觉得到信里的爱情火焰透过枕罩在熊熊燃烧，可是到了次日清晨她惊讶地发现布料竟然完好无恙没有烧出个洞来。她常常亲吻这些来信。相思之苦折磨得她神魂颠倒。夜晚湿热难熬，思念的苦楚又把床铺烧得滚烫，她不得不爬起身来去亲吻那张照片。她把照片紧紧攥在双手之中，就像一个在她的浩渺无际而又浪涛汹涌的感情大海里随波逐流的溺水者抓住一根救命稻草一样。

有一天，她碰巧在街上遇见了参加过那次团体旅游的那个打扮得花枝招展的家庭主妇。那个女人站定身躯。

"我们曾经一起到摩洛哥去的，对不对？大家曾在一起待过，总觉得挺亲近的。"

玛迪并没有这种亲近的感觉，仍旧非常讨厌她。

"我旅行回来以后倒霉透啦。我雇的那个西班牙小子竟患有脏病。我起先还没有注意到，结果不但我传染了，而且连我丈夫也被传染上啦。我们俩只好都去找医生治了很久，吃了不少苦头不说，还真丢人出丑哪。幸好发作得还算轻，现在已经治愈了。"

玛迪又觉得恶心得直想呕吐。她只想到自己的何塞。

七

时光荏苒，转瞬已经一年过去。玛迪再也忍耐不住，便下定决心再作一次出国旅行去寻找何塞，而且还想让何塞出其不意地惊喜一下。她要突如其来地出现在他面前，带着她的全部的爱、她的那颗真诚的心和苦苦思念的灵魂。那时候快要到复活节了。安卡尔夫妇要带着孩子到北部山区去旅行。这样她有十天时间自由支配。她查看了日历之后马上到旅行社去打听合适的旅行日期。这一次她手头拮据，乘不起飞机了，因为她把工资多半寄给了何塞。不过倘若节前那个星期五乘上火车，她就可以在复活节那天抵达那里。她手上的钱实在太少了，只好全程都不买卧铺票而只买座位票。旅程最后一段路要乘船，她也只好买最便宜的那一等也就是甲板上的硬木长凳。她匆匆忙忙地下定决心买好了车船票。然后就心急如焚地等待那个星期五来到。那一天终于姗姗来到了。

玛迪踏进刚由大陆来的火车车厢里的时候，打扮仍是西班牙式的，身上穿着皂黑的大裙子，那条玄青色的大丝披巾却没有披在身上，而是塞在随身带的旅行箱里。她不愿意过分引人瞩目，生恐别人真的把她当成西班牙妇女，凑上前来同她用西班牙语聊天，而那种要命的外国语里绝大多数的奥妙至今对她来说还是云山雾罩的。车上的旅客从模样上来看大多是外国人。她去得很早，车厢里还空，所以她选择了一个很好的顺着行车方向的角落，这样在旅途中她可以打打盹减轻疲劳。可是她粗心了，竟没有注意到这个座位是预先保留的。火车刚要启动时，来了一个彪形大汉，伸手一把就将她推开。这时候所有的好座位都已经被占满了。她只好坐到车厢门边的弹簧凳上去，而且还是逆着行车方向倒坐着的。中午时分，她肚子饿了便到餐车上去，可是又被一个粗壮的汉子轰了出来，因为她竟没有在上车之后就买好餐券。她真有点纳闷，不知道在这样一个男人可以粗暴无礼对待妇女的国度里，何塞怎么可以若无其事地生活下去。不过那又算得了什么呢？她记得那地方的海滨浴场是那么阳光普照，棕榈树是那么沙沙细语。她用不了很久就会在家里或者在铁匠铺里找到她的何塞，一头扎进他的怀抱。

玛迪一路南下，起先穿过瑞典的狭长国土，沿途虽然有些地方已经翻耕了，但是大多地方仍是白茫茫的积雪未化，湖泊里仍是封冻。火车行驶时，片片飞雪卷起来飘落在车窗上。后来她到了丹麦那几个地势平坦的大岛屿，又穿过烟尘弥漫的德国，来到了语言迥然不同的法国，稍作停留后又直奔比利牛斯山脉，最后在西班牙的巴塞罗那下了火车。她在那里登上轮船，蜗坐在四等舱，也就是说光秃秃的甲板上，前往摩洛哥的帕尔马斯城。

玛迪经过三昼夜摇来晃去的长途跋涉已经疲惫不堪，待到她终于抵达帕尔马斯城时，她的两条腿几乎连站都站不稳了。然而她舍不得花时间去寻找旅馆休息一下。最要紧的是她务必要同她的何塞见面。她手里拎着那只装满了送给那位心爱的人的衣物和给他全家人的礼物的硬纸板旅行箱，匆匆忙忙、脚不停步地去寻找他。她拿着何塞给她的地址按图索骥去寻找他的工作地点。可是那里根本没有何塞这么一个人，甚至也没有那个铁匠铺。那个地址是个小咖啡馆，一大群人坐在那里面挤眉弄眼地讪笑她。

她又到在市郊的他家里去找他，那个地址谅必是不会有错的，因为她的信和每个月省下来的钱都是寄到这里来的。开门见她的是一个中年妇女，大概是他的妈妈。玛迪向她解释说自己是何塞的未婚妻玛迪，瑞典的玛迪。可是那个妇女似乎一副不明白的样子。她只是吃惊地瞪着她，满脸厌烦地对她连连摇头，说何塞出去啦，不知道在哪儿。她连手都不肯同玛迪握一下，更不消说邀请她进门了。于是，玛迪只好满肚子委屈、无可奈何地又折回到了海滨浴场。

浴场上早已躺满了成千上万个赤裸的、晒成棕色的身体。有的仍旧在炽热灼人的阳光下翻来覆去地烧烤着。有的半躺半坐在五颜六色的躺椅上吃冰激凌、叽叽喳喳地交谈嬉笑或者打情骂俏。她细细地查看着，想要找到何塞第一次出现在她面前同她讲话的那个地方。那个地方在她心目中是一块圣地，在过去的一年里她曾经梦往神游地来到过这个地方千百回啦！地上的沙子依旧那样黄澄澄、细绵绵，就像计时用的沙漏里盛的一样，踩上去滚烫得炙人脚心。

在这成千上万的晒日光浴的游客之中，她居然有本事找到她的心上人！她看见何塞了，看到了他的脑袋和双肩，不过他不是单独一人。他四仰八叉地躺在一张躺椅跟前，躺椅上半躺半坐着一个正在往脸上涂抹防晒油膏的半老徐娘。

玛迪冲动得想要扑过去投入他的怀里。她把旅行箱往黄沙地上一撂，顺手把大衣也放在旅行箱上。可是她却愣住了，何塞似乎不认识她。

"我到这里来啦，玛迪，你的心上人。"她用刚刚学会的西班牙语结结巴巴地说道。

何塞抬起身体，把脸转向躺椅上的那个女人。那个女人风韵犹在，显得还年轻漂亮，身材丰满肥实，然而并不臃肿。她自顾自地往脸上涂抹防晒油膏，把嘴角和晒得通红的鼻子涂得油光发亮。

"您是哪位？"那个女人问道，讲的竟是瑞典语。

"我是何塞的未婚妻，"她结结巴巴用本国语言回答道，"我是玛迪，同何塞订过婚了。"

那个女人忍俊不禁，嗤嗤一笑。

"这么说来他还有好几个瞒着我哪！我每年到这里来洗海水澡都要雇的，起码也雇了他三四个春天了。眼下他住在我那里。"

玛迪发蒙了，她一时之间转不过弯来。

"可是那些信呢？他收到了我的信呀，是不是？"

那个胖女人朝她嘿嘿冷笑。何塞也赶紧龇牙咧嘴笑了起来。

"哦，原来就是您写来那么多荒唐可笑的信。通常是由我念给他听的，因为他不识字。这些信好玩得要命，总是把我们俩逗得快要笑死啦！"

玛迪的执拗脾气上来了。

"他经常不断地写信给我的。"她振振有词地说道。

"哎呀，何塞哪会写什么信呀，他的本事就只有靠伺候女人混口饭吃。"

"可是他信上写得明明白白他是那样爱我。"

"天哪，有尺牍范本和情书大全一类的书，难道你不知道？再说这里还有一家代客书信社，也代人捉刀写情书的呢。"

共同的语言使得这两个女同胞相互团结起来。她们透过语言达到感情上的谅解，产生了某种同舟共济的温暖。

"那么说来你还按月寄给他不少钱用？"

"是呀。"

"哎呀，真难为你啦。你不知道何塞早就不干活了。他专靠混饭过日子，他侍候的恩主不止我们两个。"

躺在附近的桑多玛们正在同那些外国女游客打情骂俏。何塞同其中两个打了个招呼，便懒洋洋地躺在那里等候自己的雇主结束这场不愉快的谈话。

玛迪走上前去，抚摸一下那个陌生女人的面颊。

"不要难过啦，"她用安慰的口吻说道，"那很好，幸亏在这里遇见了你。"

这一回轮到那个年纪大一点的发蒙了。

"好？好什么呢？"

"这样我在回家之前总算弄清楚了事情的真相。"

玛迪拎起她的硬纸板旅行箱就走了。她只在帕尔马斯城停留了两个来钟头，等到轮船掉过头来，她就折回到巴塞罗那。

在回国的归途中，她黯然神伤，为那个胖女人受到欺骗而惋惜难过，不过她觉得自己是很有勇气和很坚强的。

"到那里去谈得怎么样？"女友们问长问短，"你快结婚了吧？"

"吹掉啦，不过我也不后悔。"

她一五一十地把事情原原本本说了一遍。

"既然你让他接近过你，恐怕还是去检查一下才保险一些，对不对？"

如今玛迪头脑冷静下来了，她记起了有一些过去她没有在意的、不大妙的征兆。

"那不可能。"话虽如此，她还是做了检查。

安卡尔家的家庭医生确诊她患有一年病史的梅毒。全家男女老少都必须逐一进行严格的检查。仅仅是这种怀疑就使得安卡尔全家惧怕得半死，气恼得暴跳如雷。他们全家必须列入性病怀疑对象的名单之中，而这种出乖露丑、蒙受公开耻辱是他们所最受不了的。

"决计不能指名道姓地张扬出去。赶快叫那个小骚货滚蛋！"

安卡尔先生绝对禁止家庭医生向化验室提供全家老少的名单，医生不禁为难起来。

"这是法律明文规定的。"他如实相告，并且照章执行。

化验室的梅毒反应诊断书还没有出来，玛迪却早已被主人家撵了出来。她不知所措地站在人行道上，身边还拎着那只旅行箱。旅行箱里装满了原先打算送给何塞的礼物。

唉，萤火虫呀……

发明家埃立克逊和捕鼠夹

一

世界上没有任何一个国家像瑞典这样出了这么多的天才。可惜的是，真正被荣誉的光芒所照亮的幸运儿却寥若晨星。他们当中的大多数人，或是由于四周嫉贤妒能的刁难非议，或是因为捉襟见肘的拮据处境而过早地夭折了。这类人倒是多如牛毛。他们都在呼唤着我们，要我们把埋没在沙砾泥土中的他们发掘出来。这些人大多出生在大森林里，而且几乎起初都是住在山坡上的。那些地方有山有水，山水相映的自然景色赋予了他们奇异的思想。就是在这样的穷乡僻壤里，探索江河湖海、地球土壤和天体宇宙奥秘的宏伟志愿一个个被想了出来。

赫特汉根小农庄也是依山傍水，山坡徐徐倾斜，有条山溪逶迤而过汇入朗格邦河。小农庄里有两个孩子：尼尔斯和约翰。两兄弟常常光着脚丫，闲坐在山坡上眺望潺潺流去的溪水，悠然地动脑筋思索想象。那个弟弟想搞的第一个发明创造是一部永动机。他长大成人后不断地设计发明出各式各样的机器：蒸汽发动机、螺旋桨推进器、火车头、把美国南方各州的海军打得落花流水的莫尼特号快艇、太阳能发动机，等等，不一而足。到了八十五岁高龄时，他心血来潮，要发明出一种切实可用的捕鼠夹子。谁料这一下小沟里翻了大船。发明家约翰·埃立克逊毕生的创造发明业绩以永动机开头，却以捕鼠夹子为终结。

二

"你不过是会画图，而我却会发明。"七岁的男孩约翰对比他大一岁的哥哥尼尔斯说道。

"会打样描图是最要紧的。"

"画图我也会。"

约翰就在一个纸口袋上画出了一整台采矿机械，形状同他在赫特湖边的矿山里亲眼看到的分毫不差。随后，他又在山坡上掘了一个三十来厘米深的坑道，算作是矿井。他造的这口矿井的各种技术装置一应俱备，就是井道太狭窄，细长得活像条小沟。等到他开始安装采掘机的时候，他哥哥忽然注意到这台机器上有些部件好像跟日常见到的大不相同。

"那些地方不对头，应该照着另外的那种样子造才对。"他告诉弟弟说。

"这些是我想出来的新东西。要是人家把机器造成这个样子，干活就会省劲多啦。"

"你把那些不对的地方叫作什么来着？"

"那叫作发明。"

他们的父亲奥洛夫·埃立克逊是个矿山技师。这时，他正好走过，看到了这台采矿机模型。

"是呀，怎么以前就没有人想出来用这种办法来造呢？"

他说道，惊讶得不得了。"这台机器要远比现在的那种机器好用得多。"

"那么，照我的样子去造好了。"

做父亲的似乎迷惘起来。这是一个神童！神童都是脾气乖戾、任性执拗的。而他眼前的这个在山坡上蹦蹦跳跳的孩子竟会是个神童！

"往后你可以取得这项发明的专利权哩。"他用淡淡的口气说道，不愿意在儿子面前流露出他激动的感情。

"专利权是什么东西呀？"

"就是说，对于发明出来的东西，发明家享有支配使用的权利。"

"那能得到吗？"

父亲回答得吞吞吐吐。

"也许不一定都能得到，"他想起了自己三番五次碰钉子时的难堪样子，便含糊其词地支吾着，"多数的情况是什么也得不到。"

父亲骤然想起了他曾听到过的一则预言。早在他尚未来到朗格邦河铁矿之前，他现在居住的这幢茅舍里住着一位放牧牲口的老人，人家都叫他跛子厄立克。他把全村的牛群赶到大森林去，独自在那里放牧。每逢星期天，他通常都要下山来背点食物、用品回去。有一个星期天他却没有下山来。于是，后来成了奥洛夫·埃立克逊的岳父的杨斯特罗姆便上山去寻找这位老牧人。他发现老牧人躺在草棚里已经病得奄奄一息了。

"……你来得正好。趁我还没有咽气，我讲给你听你们家日后要发生的一桩事情。"老牧人说道，"昨天深夜，有一个身穿灰色衣裳的老人走进了这个棚子，一屁股坐在这边的稻草垛上。他告诉我说：再过一段时间，朗格邦河铁矿附近的某个地方要盖起一幢房。在那幢房里将出生两个孩子，其中一个以后会大有出息，他的名气要传遍世界各国哩！"

1810年的一天，父亲回到赫特汉根山坡的小农庄，带来了一条重要的新消息：

"现在我们得搬家了。"他说道。

两个孩子听了问道：

"干吗我们得搬家呀？"

"我在建造耶塔运河的工地上谋到了一个差使。"

"那里也有一个山坡吗？"小儿子约翰张口问道。

"岂止一个山坡呀。在那里要开凿出一条宽阔的航道来，使得船只能够直通到西海岸。"

在搬家的时候，抖搂出来了一样那位小发明家从没给人看过的东西。这东西外形看起来宛如磨刀石的小支架，转盘和齿轮都是用木头做的。整部机器尚未安装就绪。

"这是什么玩意儿？"父亲问了一句，随手就想把它扔到垃圾堆里去。

"哦，只不过是一部永动机。把它扔掉好啦，大不了我做一台新的就是了。"年纪只有七岁的约翰口气倒蛮大。

大凡神童总有他的乖僻异常之处。正常的孩子要好对付得多，不会叫人那么操心。约翰身体很羸弱，个头矮小得同他的年龄很不相称。要知道，想要在瑞典干出一番轰轰烈烈事业来的伟大人物必定都是身高体壮、气度不凡的。所以，他的父母左思右想、考虑再三，最后认定像这样一个其貌不扬的孩子将来未必能成什么大器。但是，他们听其自然，不去妨碍、干涉他。

身体虽然长得太慢，但是当初被荒山野岭孕育出的幻想能力却在约翰的头脑里蓬勃发展起来。他们举家搬迁到靠近维纳恩湖西岸的法耳维卡，那里有一条名副其实的大河流过。耶塔运河已经标桩画线，要在那个地方穿过西哥得兰郡流入大海。整整一团士兵开拔到这里来，用他们的双手和铁锹挖土凿石，进行一场巨人般移山倒海的宏伟壮举。每天晨曦方露，嗒嗒的起床号声就吹响了，而归营号却要到晚上八点钟才迟迟地吹响。

孩子们的父亲奥洛夫·埃立克逊谋得了一个低级职务，母亲帮军官们干家务事。两个孩子都被安顿在工地办公室里干点跑腿的差事。孩子们在闲着没事的时候，便画画这个宏伟的运河工程的设计图，算是做游戏。他们用五颜六色的水彩画出来的设计图比那些训练有素、经验丰富的绘图老手的作品倒要出色得多。有一天，运河总指挥鲍尔泽·博吉斯劳斯·冯·普拉顿偶尔从一个工长手上瞥见了他们画的一些东西，惊讶不已：

"难道你连绘图工具都没有就能画出这些图纸吗？"他问那个年纪最小的约翰，"你们竟能够用这些东西绘图？"

原来他们的圆规是自己用桦树枝削出来的。鸭嘴笔是一个被人扔掉的旧镊子。水彩笔是用裘毛捆扎起来的。那是他得到许可从母亲的貂皮围领上这里一根、那里一根拔下来的，条件是不许拔得让人看出痕迹。运河总指挥立即吩咐把这两个孩子送进学校去深造。随着运河工程一段段向前推进，这一家老小亦一次次搬家。哥哥尼尔斯继续搞绘图技术，越来越高明了。而弟弟约翰刚到十四岁就被委任为水平测量技师。他手下管辖着一支由六百名士兵组成的劳工大队。那时候，当兵的都还是卡尔十三世时代的那种满脸大胡子的彪形大汉。而他，却矮小得连水平仪都够不着，要垫个踏脚凳，还要踮起脚来方能勉强凑在仪器上进行测量。但是，那些大胡子士兵都很服从他的命令。

"这个孩子将来准会大有出息，前程无限，"有个士兵这么说道，"到那时候，他就不消再用什么踏脚凳啦。信不信，你们等着瞧吧。"

常言说得好：好高骛远者，必有摔跤的时候。骄者必败嘛。这句谚语果真应验了。这孩子忽然心血来潮，辞掉了工程师的职位，报名去耶姆特兰郡步枪团当兵了。像他这么一个文质彬彬的人居然跃跃欲试，想拿起武器上战场打仗去。他在军械制造上接二连三地搞出了创造革新：把那种用火石点火的老式来复枪改革成用引火帽击发的新式步枪；他还发明出一种能喷出灼热蒸汽来杀伤敌人的蒸汽喷射器和一种样子活像一个硕大的咖啡壶的蒸汽发动机。他的创造发明，荦荦大端就不下三十余种，都设计得灵巧方便，可以立即投入大规模生产和使用。

可惜的是，瑞典这地方委实太小了，以致他无法施展宏图，颇有英雄无用武之地之感。在二十三岁的那一年，他向一个笃信宗教的姑娘求婚。无奈他是个灵魂尚未获救的普通人，那个虔诚的家庭一口拒绝了。他愤而出走，离开本国，跑到英国去了。他根本不知道这段良缘虽未结成，但那姑娘却为他在国内生下了一个儿子。直到他年迈老耄时，才见到了亲生儿子一面。他到了伦敦之后，几经波折，终于找到了几家愿意把他的创造发明加以利用，替他代产代销的工厂。他急忙一个接一个地设计出了新型的采矿用的水泵、新式的蒸汽发动机和一个名叫"奇异号"的火车头。这个火车头命运不佳，一再惹祸，在连续几回出事之后不得不让位给斯蒂芬森式火车头了。他发明出了第一个螺旋桨推进器。这种螺旋桨后来很快为世界各国所采用，取代了明轮翼。然而他自己却因为搞发明弄得债台高筑。由于无法偿清欠债，他被关进本奇监狱里吃了半年官司。后来，他结了婚，但是伉俪生活很不美满，只得离异。直到1839年，他的伟大发明，世界上第一艘用螺旋桨推进的蒸汽船终于问世，并且横渡大西洋，来到美洲。这艘蒸汽船长不过二十米、宽不过三米，然而时速竟高达十海里。横越大西洋的整个航程共花了四十六个昼夜。他本人也随船同行。这次远航使他告别了故土，一去不返，把瑞典的山坡、森林和踏脚凳永远抛弃掉了。

三

在纽约弃舟登岸，步入百老汇的那个人依然是五短身材，然而结实粗壮，像个运动员。他一举手一投足无不带有军人所特有的雄赳赳、气昂昂的风度——这是弗罗斯岛兵营的长期生活遗留给他的一种气派。军人的风度使得他的身材比原来显得高大得多。他的一头棕发长得和连鬓胡子连成一片，只有下巴颏儿露在外面。他身穿一件深色长外衣，浅色的长裤剪裁得非常合身，在丝绒小背心前面挂着一根精致细巧、熠熠发光的金链条，脖子上围着细绒脖套，头上戴着水獭皮帽，手上戴着浅色山羊皮手套。他雍容华贵的服饰显露出他已时来运转，事业上已渐臻佳境。如今人家一见他拨冗来临就感到万分荣幸。发明螺旋桨推进器的种种传闻和报道已经先声夺人，使他在大洋彼岸名声显赫一时。螺旋桨推进器一举成功地横越大西洋，为他铺平了胜利的道路。因此，从一开头，他就被当作大人物，住进了阿斯特大厦。这幢大厦在当时是被公认为全世界首屈一指的豪华旅馆。可是说出来也令人难堪，他口袋里仅有的只是一张由瑞典国王签署的上尉委任状。所以，他发迹以后也一直自称为约翰·埃立克逊上尉，而没有使用别的更加威风的头衔。自从在弗罗斯岛兵营服役以来，他似乎同军队结下了不解之缘。但到了后来，别人都不好意思称呼他这个毫不显赫的军衔，便有意回避，干脆直接称呼他的名字了。他入了美国国籍，成了美国公民。社会上的头面人物竞相同他结交。他不得不同参议员、总统竞选人、大企业家、武器销售商、高级将领、百万富翁等周旋应酬。他确实也给新大陆带来了不少新的发明创造，例如，使用新型热力系统的轮船、新型火炮构造、压缩蒸汽发动机、距离测量仪器，等等，足足有五十余种之多。而他本人也靠享有专利权发了财。

他在富兰克林大街居住了很长一段时间，后来自己在滨海大道36号买下了房子。这条街毗邻圣·约翰公园。他的产业是一幢四层楼的宅邸：楼梯台阶都是用光亮的大理石铺砌的，地板上铺着华丽贵重的地毯，他的工作间足足有整幢房子的宽度那么大，有三扇窗户面对着那条车水马龙、气派十足的豪华街道。他请了一个名叫塞缪尔·泰勒的秘书，还用了绘图员、仆人，等等，另外还雇了一个名叫安·卡西迪的管家妇。但是，他没有购置马车，因为他素来都是靠着自己的两条腿步行的。况且，他也没有心思去兜风闲逛。他住在这个城市里，从没到处游览，连中央公园都没去过。大约在十年之后，有一回，由秘书泰勒做向导，他总算第一次看到了布鲁克林大桥。

"这有什么了不起的？"他说道，"左右不过是一座桥罢了。桥底下的那条河叫赫德森河，这个我知道。"

1861年的某一天，美国南方各州突然从联邦中分裂出去，向北方各州发动了进攻。萨姆特要塞首告失陷。驻扎在戈斯军港的指挥官自作主张下令将舰队中最值得夸耀的十艘战舰全部凿沉，以免落入敌人手里。这场战争爆发的原因名义上是为了四百万黑奴。北方主张废除奴隶制，要解放奴隶，而南方偏偏不肯，想要保留下去。当时任职的总统是一个来自大草原的农家子弟，名叫亚伯拉罕·林肯。

这场战争打了一年多尚不分胜负。但是，北方各州已经颓势毕露，败局似乎注定不可避免了。南方各州取得如此赫赫成果，靠的是海军里那艘攻无不克、战无不胜的梅里麦克号战舰。这艘战舰周身用钢皮包裹，并且用平放在一起的铁轨筑成了坚不可摧的顶棚。任何木壳战舰的最重型火炮休想损伤它一分一毫。约翰·埃立克逊仓促受命承担起尽快赶造出一艘能同这艘巨舰决一死战的快艇的任务。只给了他一百天时间，就要他把那艘轻巧灵活的快艇莫尼特号造出来。

1862年3月18日是个星期六。切萨皮克海岬的汉姆森停泊场上风平浪静。北方各州舰队残存下来的大小战舰麇集在这里待命。其中有拥有五十尊巨炮的国会号战舰、拥有各类火炮一百尊的罗恩诺基号和明尼苏达号巡洋舰，还有装有二十四尊火炮的坎贝兰德号单桅轻巡洋舰。这些舰只排成一列。在它们背后的海军要塞里有三座火力强大、壁垒森严的炮台。炮台四周还结集着上百艘各种舰只。这个地方是战略重地。大家都明白战争的结局将在这里揭晓。要塞守备部队突然接到了发现一艘敌舰偷袭过来的报告。他们向海面探望，果然发现一艘朦胧巨舰正在破浪逼近——梅里麦克号开足马力袭来了！

这艘巨舰的狰狞外貌就足以叫水兵们惊慌失措。它有五十米长，浑身漆成灰色，就像一座钢铁的山峦。舰面上用铁轨并排筑成了复斜式的桁架，把一切都掩蔽得严严实实，只露出十尊大口径火炮狭窄的射击孔。在水下的舰首部位上装着一只粗大犀利的铁皮撞角，可以轻而易举地戳入木质结构的战舰，把它们撞得骨折筋断。舰面上连一个人影都见不到，只露出一截矮矬的烟囱，喷吐着遮天蔽日的滚滚浓烟。舰上三百五十名官兵，还有大炮和弹药都安安稳稳地隐蔽在刀枪不入的钢骨铁甲背后。但是，这艘硕大无比的巨舰的航速却毫无惊人之处，它喘着粗气，十分吃力地在海面上蹒跚行进。

坎贝兰德号轻巡洋舰首当其冲，成了第一个牺牲品。梅里麦克号战舰对向自己射来的炮火毫不在乎，横冲直撞逼近那艘轻巡洋舰，用它的撞角猛然戳进它的舷身里去。之后，它打了个倒车，又向前猛戳了一下。坎贝兰德号顿时倾斜过来，连同它舰上非死即伤的全体人员沉进了海底。它的第二个攻击目标是国会号巡洋舰。国会号不敢应战，仓皇逃走，想要退到水浅的地方去避开梅里麦克号的撞角。但是，它逃得太急，舰尾触礁搁浅了。于是，梅里麦克号的大炮施展出了威力，一批批炮弹射过来，使国会号巡洋舰甲板上尸首累累，毫无招架的能力。不消片刻，这艘巡洋舰上便烈焰熊熊，浓烟滚滚。明尼苏达号巡洋舰很快也丧失了战斗能力，瘫在海面上听凭摆布。如雨似注的炮弹从军港的要塞炮台上朝着梅里麦克号战舰发射过来，但是碰在它的铁防护罩上却都像炒豆子一样反弹开去。此时，开始退潮了，梅里麦克号似乎觉得当天不再能取得更多的战果，便掉头返航，准备等到次日清晨涨潮时，再来肆虐一番，吞噬掉劫后余生的那些舰只。

就在这场恶战进行的同时，一艘小得像蚊蚋一般的快艇从纽约出发，向汉姆森停泊场疾驰而来。这艘快艇水面以下的船身部分三十七米长、十米宽，潜行在碧波之中，几乎令人无法看到。露到水面上，让人们能够看见的只是一个圆形的炮塔，它可以前后左右转来转去，上面有两个火炮射击孔。甲板的透气孔和烟囱都掩蔽得十分严密。艇上的水手都是志愿报名的敢死队员，他们来自好几个国家，其中也有几个是瑞典人。

世界上第一艘潜水艇莫尼特号带着露在水面上的小小的炮塔飞快地扑向梅里麦克号战舰。一场海上肉搏战开始了。那个庞然大物张牙舞爪想用它的撞角一下子把这个形状像是绕线管的玩意儿掀翻掉。然而，莫尼特号根本不让它有机会靠近。梅里麦克号要花上整整一刻钟时间才能转过身来，让偏舷的炮火齐发射击，而莫尼特号却疾如飞梭，像个陀螺似的滴溜溜绕来绕去。它的两尊火炮连连开火，击中了梅里麦克号与水面相齐的部位，那地方恰恰是没有铁板包裹，最挨不起打的部位。梅里麦克号的船身被打穿了一个大窟窿，大得足可以让人驾着马车出入。仅仅用了四十发炮弹便决定了战局的胜负。

起初，大家都认定结局不会是你死我活，可能是同归于尽，莫尼特号必将被对方倾洒下来的炮弹炸得粉身碎骨。但是，等到最后几缕硝烟散去以后，在恶战过后的海面上见到的却是安然无恙的莫尼特号，而梅里麦克号战舰的残骸全埋没在波涛之中。侏儒竟战胜了巨人，蚊蚋竟吞噬了猛犸。汉姆森要塞海战大捷的消息迅速传遍了全世界。约翰·埃立克逊的名字被人谈论的次数要比几百万移民的名字被人谈论的次数加在一起还多。他力挽狂澜，挽救了北方各州的岌岌可危的战局。莫尼特号型的快艇在各处建造起来。木质结构战舰的时代已宣告结束，明轮翼已永远消失。使用螺旋桨推进器的轮船行驶在全世界的各个海洋上。光荣归于这一位发明家。谁料到跛子厄立克的预言竟然在六十年之后变成了事实！

四

　　汉姆森要塞海战之后的二十五年里，这位发明家一直蛰居在滨海大道36号。他深居简出，过着隐士般的生活，心无二致地钻研他的发明工作。他身边还留着秘书泰勒和那个矮小的爱尔兰管家妇安·卡西迪。她是个笃诚的天主教徒，所以约翰·埃立克逊只好迁就她，在屋里设立了一座圣母玛利亚的神龛。而圣母玛利亚也只好委曲求全地置身于各式各样稀奇古怪的机器模型之间，显得分外落落寡合。他连绘图员都干脆不再雇了，事无巨细，都是自己去做。正像所有的巨擘一样，他受到世界各国的推崇仰慕，然而身边却没有一个可以信任的心腹。他活到八十五岁高龄，在美国整整住了五十年，但这个国家他一点也不熟悉，甚至从来没有到各地去周游过。他生活在自己的世界里，一个与世隔绝的独立王国里，这个王国的边界就是绘图桌的四周边缘。随着老境的到来，他的举动呆涩缓慢起来，身体变得很衰弱，总是病恹恹的。有十五年时间，他一直犯着哮喘病。虽说他很要强，从来不肯对别人承认自己年老多病，但是如今已不大能出门走动和探访朋友了。他也不请人到自己家里来做客。结果，他过着一种不同别人往来的孤独生活，只是偶尔兴之所至，才在深更半夜出去散散步。

他每天一清早就伏案工作，一直干到晚上十一点。他一边绘着图，一边不停地吹口哨。他的衣服都已经磨损得褴褛不堪，害得安·卡西迪只好想尽办法缝缝补补把它们连缀成片。他的蜷曲发僵的躯体弯不下腰来，以往那张一直用来坐在绘图桌前的老掉牙的钢琴凳，如今也嫌太矮了。他便在凳子上垫上一块厚厚的垫板，这样凑合坐下去。真想不到，人到风烛残年竟不得不靠垫点东西来帮忙，就像昔日髫龄时要垫个踏脚凳才能踮着脚凑到仪器上去测量一样。当他需要歇一口气，或者沉思遐想的时候，他便走到工作室里的一张胡桃木桌子旁，朝光滑如镜的桌面上四仰八叉地一躺。他总是顺手抄起那块厚垫板，用来当作枕头。但是，桌子实在太短了，他的两只脚总是怪难受地悬在桌子外面。泰勒一再劝他添置一件更加实用舒适的家具，可他却只是叫人把那张桌子加加长，就这样凑合过去。

如今，老年人常有的各种想法他是应有尽有了。他觉得生活方式的些许变更都对人有害无益，因此他满心以为只要他使所有的事物都保持一成不变，那么，时间之神就不会注意到他头上，他也就不会匆匆离开人世了。他每年从专利权上可以挣得上百万美元，舍得大把大把地赠给别人，但是却小心翼翼地用破布把钥匙裹好再放在兜里，免得磨破裤袋。他病魔缠身，精力衰退。然而，他仍旧孑然幽居，埋头工作，仿佛除此之外，并不存在别的人生乐趣。

这就是他——伟大的发明家。他毕生无休止地眼看着他的创造发明从绘图桌上源源产生出来，然后又变成一件件活生生的实物，在世界上得到运用。可惜的是，他对自己这部身体机器却束手无策，眼看着旧的零件不断磨损残旧，却创造不出什么新的零件去更换。交结朋友、观赏自然景色、得到荣誉名望……都不能勾起他的兴趣。在他七十五岁、八十岁、八十五岁寿辰的时候，世界各大报纸都连篇累牍地颂扬他。每次过生日，在他家窗下慕名前来祝贺的人塞满了大街小巷。但是，他却连到阳台上去露一下脸，向大家挥手致意一下都不乐意。他不修边幅，那打满补丁的破旧衣裳委实寒碜得不像样子，见不得人。每一回，他都打发塞缪尔·泰勒作为替身，出去站在阳台上接受大家的欢呼。于是，那个秘书便手足无措地站在那里，不知如何是好。群众的鼓掌欢呼都不是冲着他来的，他自然代替不了那个真正的对象。荣誉历来只能由本人亲自领受，他人是无法越俎代庖的。但他有口难言，甚至连句请求原谅的抱歉话都不能对街上的人们说。

那幢房子年久失修，圮败下来。正面沿街的台阶上，大理石因日晒雨淋而风化坼裂。台阶的铁扶手锈蚀得塌倒了。阳台上的铁栏杆也锈得一片片剥落下来。大门和窗框的木头都凋朽不堪，斑斑驳驳。屋里的地毯早已磨出一个个破洞，全仗安·卡西迪手巧，一个个给打上了补丁。到了后来，只见补丁而见不到地毯的本色了。在窗台上，再也见不到新鲜的花卉和葱绿的叶瓣，只有几支纸花来代替了。在这段悠悠的岁月中，纽约这个城市却大大发展起来。到处地皮奇缺。圣·约翰公园的树林被砍得光光的，公园里再也听不到鸟儿婉转的啁啾声。他这幢房子的窗户面临赫德森河。河的沿岸早已变成了卸货码头，兴建起一排排的仓库和栈房。这一下招来了大群大群的耗子。火车头拉着列车没日没夜地发出轰轰隆隆的巨响，吵得这位曾经发明过火车头和蒸汽发动机的老隐士心绪烦乱，怔忡不宁。早先住在这条街上的那些富户和体面人家都纷纷搬走了。

继之而来的是一批贫穷潦倒的家庭。也就是说，这块地方变成了一个贫民窟。

串街走巷、拉琴乞讨的乐师们不断引吭高歌，奏出难以入耳的音乐。一只只公鸡站在垃圾堆上喔喔啼叫。住在36号里的这位老先生被吵得暴跳如雷。他叫人把那些公鸡全都买下来，统统砍掉了脑袋。但是，一批批的公鸡源源而来。住在隔壁房子里的小姑娘们日日夜夜在失音走调的破钢琴上叮叮咚咚弹个不休。他派人给她们送去了金表，恳请她们别再摆弄这些钢琴。姑娘们把金表穿在项链里挂到了脖子上，然后心有所冀地弹得更加起劲。到了后来，这条街上唯有这位老上尉的曾一度豪华过的房子孤零零地矗立着，让人依稀回想起滨海大道昔日的宏伟风光。在这幢房子的大小房间里，各种机器模型摆了满地。在花园里和屋顶上竖起了奇形怪状的桁架托座，支撑着聚热的屏板和圆盘，那是一座太阳能发动机。

就在这个时候，外界沸沸扬扬议论说这位老上尉害了偏执自大的狂妄症，像是神龙一般潜藏在自己的洞窟里。其实，他独处一室，正在绞尽脑汁设计建造太阳能发动机。他那曾发明螺旋桨推进器和其他许多新奇东西的大脑此时全都用到了太阳能发动机上去。他的想法是，太阳能是取之不尽、用之不竭的。一旦煤矿里的煤被采尽、地底下的石油被抽光、所有的瀑布也水力枯竭发不出电来的时候，只有太阳能可以代替这一切，向人类提供永久性的能源。

有时候，他自己也在琢磨，百思不得其解：发明创造本身究竟是什么东西？在它尚未付诸实用之前，它并不存在。而等到被人利用起来的时候，它却已经转化成了一部机器。而发明者的创造精神也随之消失了。到那时候，这桩创造发明就算不得什么令人惊叹的奇迹，随便哪一个人都可以仿造利用。太阳能发动机又当别论。把太阳能利用起来这个想法仍然蒙着某种不可思议的神秘色彩。太阳能发动机远远超出了创造发明的领域之外。它属于那些发现新奥秘的探索者的王国，因为迄今为止它还只存在于概念思维里，只存在于诗的升华意境中。

安·卡西迪走了进来，双手捧着一大堆邮件。许多信封上干脆连地址都不写，只有几个赫然大字：美国，埃立克逊收。

"上尉先生，您得发明一个能把所有的耗子都杀光的机器，"她说道，"那些耗子成群结队地钻出货栈，沿着码头跑过来，猖獗得很，弄得这幢屋子里也到处都是。"

老上尉连头都不抬一抬："我倒没有见到有什么耗子嘛！"

正在说话的当儿，有两只老鼠晕头转向跟在管家妇身后，一溜烟窜进了工作室。

那个矮小的爱尔兰女人吓得几乎魂不附体："看那儿！"

"我没有时间去看那些信，"八十五岁的上尉端坐在那块硬邦邦的垫板上，伏在绘图桌上忙个不停。"你难道没有看到，我手上全是工作，忙得很吗？"他抱怨地咕哝道。

不过，为了开导一下他的管家妇，他破天荒第一遭耐着性子，向她细细讲述起自己手头的工作来。他指给她看了太阳能发动机的图纸。这个发动机说到底竟同他孩提时代第一次做出来的永动机大同小异，是同一种东西。当时认为是大有前途的东西，而今已搞出点眉目，发展到能使安装在房顶上的、奇大无比的太阳能吸热器煮熟过一只母鸡。

可是，安·卡西迪对太阳能发动机那类东西不感兴趣：
"上尉，最好还是发明一个捕鼠夹子吧。"

八十五岁的老发明家终于惊愕得抬起头来盯着她。这个红头发的、娇小的爱尔兰女人如今也是老态龙钟了。旁的机器都可以运转不息，只有人这部机器里的零件在不断磨损，直到全部毁坏，却没有新的可以更换。

"你的意思是说，要我把手头上的工作都先撂下，而去发明一个捕鼠夹子吗？"

"我就是这意思。我从商店里买来了上百只捕鼠夹子，可是它们一点也不管用。"

发明家摆出一副漠然的样子，似乎没有把她说的话当真。到了晚上，他躺在床上，辗转反侧不能成寐，仍在煞费苦心思考着太阳能发动机的构造。蓦地，他想起了白天那个矮小的爱尔兰女人讲过的话。这一下，他恼火起来了：她好像并没有把他这个发明家放在眼里，居然含沙射影地把他嘲弄了一番，甚至疑心她的主人究竟是不是到处都得到颂扬的伟大发明家，是不是一个真正的天才！她连他的太阳能发动机的宏大规划都不屑一顾，却说他应该发明一个捕鼠夹子！

他重新披衣下床——虽然在披上那件千疮百孔的晨衣时，手脚无力，都已经不愿再动弹了。他走到绘图桌旁，把所有的草图，还有已经画好的图样统统撕下来，重新钉上一张崭新的绘图纸。像往常一样，他开始吹着口哨，动手绘制一项他一生中从未想过的新发明。在这个最初阶段，没有人能够看得出它将来的形状。发明家正在绘制的每一份新的结构图样都还只是一种设想。

起初，他满以为这区区小事对他说来只不过是易如反

115

掌。过了不久，他就发现这桩差事非但毫不简单，而且大为棘手。不过，他对克服困难已经习以为常了。唯其艰难困苦，方才砥砺着他矻矻终日、百折不挠地钻研探索。他画出了一张又一张的图纸，但是随手又把它们撕掉了。直到破晓，他才终于画成了一个捕鼠夹子，一个常见的捕鼠夹子，不过大得非凡，光是诱饵就要用一块半公斤重的奶酪！

安·卡西迪走了进来。

"去叫人把这个制造出来。"他吩咐道，一面把图纸拿给她看，上面各个竖切面、横切面、轮廓布局、尺寸坐标等都画得一清二楚。

小爱尔兰女人破天荒第一回仔细地审阅起她声名赫赫的主人绘制出的创造发明图纸来。

"这东西充其量不过和我从店里买来的那种货色一模一样罢了，"她说道，"制造起来很费时间，而在这段时间当中，我们倒要叫耗子给吃了。"

老上尉的自尊心也破天荒第一回被管家妇的不信任深深地刺伤了。他向来习惯于专利局官员、州长、军方领导人、工厂厂主、百万富翁们对他的设计唯唯诺诺，照办不误。纵然他们对他提出来的有些建议实在感到莫名其妙，但慑于他的英名权威，也只得低声下气。但是，在这个朴实无华的爱尔兰女人的眼睛里，他并不是什么不可思议的如神至圣的权威，只不过是一个穿得破烂不堪的糟老头子，住在一所摇摇欲坠的旧房子里，听凭这满屋的老鼠在那里猖狂活动。

"难道安小姐居然不知道我是一个很有成就的大发明家?！"

看样子安·卡西迪被吓蒙了。

"上帝保佑我们吧。"她嘟囔了一句之后，赶紧抽身走出去，回到她的神龛面前去祈求圣母保佑。

对于安·卡西迪来说，人世间的生灵万物都是早就由上帝创造好了的，无论好坏善恶都是上帝一手安排的。而她的主人对来世永生的信仰却是同她大相径庭的。这位老发明家不相信什么上帝，他信奉的是创造发明之神。

约翰·埃立克逊重新回到绘图桌上。他在没有把一个问题解决得至善至美之前是决计不肯罢休的。他相信自己的脑子是一部累积储存器，它能靠着自我充电来获得能源。他相信自己的思维就是一部永动机，是以活生生的人的模样出现的机器。除此之外，他对任何别的东西都不相信。

他抽出了整整一个星期时间为捕鼠夹子大伤脑筋，而不去搞他的太阳能发动机。他全身心都扑在了这项发明上面。但是，他感到精神不济了。他手下的人直率地要他卧床治疗。他听说他害的大约是一种什么白莱特氏症——不可救药的肾脏炎症。

为了要证明他们说得不对，他请来了一位名医。那是他从前还同别人来往时结识的老朋友——马尔凯医生。

"马尔凯，"他在床上坐得笔直，粗声大气地问道，"害了白莱特氏症的人还能够照常工作吗？"

医生一眼就看出了对方已病入膏肓，便毫不犹豫地做了回答。

"上尉，患有白莱特氏症的病人绝对没有做任何工作的权利。"

这无疑是一份死刑执行书。发明家身子往后一仰，瘫倒在床上，就此咽了气，寿终正寝。他去世的这天恰

117

好是二十七年前莫尼特号快艇出海驶向汉姆森停泊场的那一天。

在他的绘图桌上，仍然钉着那张尚未绘制成功的捕鼠夹子的构造图样。

特罗萨的讲真话小凳

　　如今有这么一句口头禅：塞德特利耶的真话到特罗萨就成了谎言。这句话的由来想在这里叙述一番。假使说这句话本身是新翻的花样，那么它的渊源却是冰冻三尺非一日之寒了。君不见：如今的世道司空见惯的是人人说假话。无论在日常生活里、政治上、各人的买卖交易中，乃至于在学校里和文学作品里都是招摇撞骗，弄虚作假……直到后来，终于有个人挺身而出，振聋发聩，要想让世人明白道理：要是人人都讲真话，起码是自己认为的真话，那么人生本来应该更加美好。

　　这位仁兄的大名是塞杰尔。他素来不主张闭门不出去蠹蛀书本，埋头钻研什么客观的真理。这位哲学家口口声声说他要四处奔走，去寻求他所代表的那种真谛。他同宗教素无夤缘，所以那些从形而上学角度上说出来的佯言妄语，他倒并没有雅兴去研精究微。他所着眼的只是要求大家在日常生活最普通的问题上能够实事求是、讲讲真话就行。至于说，自己不晓得无心讲了一句半句谎话，那本来就是无可厚非的。

　　这位康拉德·塞杰尔已经年逾花甲了。在尚年富力强的时候，他在塞德特利耶一家银行里任职。然而，他总是把事情办得一团糟，那家银行不得不请他退休了。他领到了一小笔退休金。除此之外，早先还得到过一笔遗产。温饱之余，他想应该找一些早先想做而未能做成的事情来做。他下决心要为自己找一个退休者的癖好来作消遣，那就是：讲真话。

不过，他对人类的从善如流仍旧抱有泯泯不灭的理想，所以他觉得光是他自己来身体力行这一学说是远远不够的。他想把他的纲领在社会上推而广之，找一个适当的地方坐下来，循循善诱、因势利导来教会大家讲真话。也就是说，他想要创建一所讲真话的学校。

他把校址选定在特罗萨，反正他总要找个落脚地方，凑巧那个地方有他一个舅舅。当初他舅舅到这个城里来当渔民的时候，特罗萨全城只有六百来个居民，是瑞典最小的城镇，而今它的人口却爆炸性地猛增了一倍。塞杰尔一心以为他的这颗芥末种子①播在一个地若弹丸、生活悠闲清静的小城市里，要远比尘嚣喧闹的大城市里会更茁壮地发芽成长。他打算先在市中心广场上搞一个 Speaker's Corner（演讲者的角落）来着手开展活动。

不料他去向当局申请批准他设立一个讲坛的时候，就遭到刁难，倒了第一次霉。他把申请书送到了本地的警署。可是特罗萨警署是归尼雪平专区警察局管辖的，人家当场就把事情推掉，叫他把书面申请呈送到专区警察局局长那里去审批。

塞杰尔是从银行里科班出身的，熟谙官场的这一套，他深知大地方的上级机关都是可以进行游说，事先打通关

———————
① 《圣经·马太福音》十三章三十一节说："哪怕对基督有了一颗芥末般大的信仰，即可移山。"因此，芥末种子被视为有极大发展前途的。

节的，最简便的办法莫过于阿谀奉承。于是，他动身到尼雪平市去了一趟，找警察局局长私下晤谈。

"我不知道究竟可不可以批准，"警察局局长说道，"这桩公事关系重大，非同小可，即使说是没有风险的话。"

"其实无非同在广场上摆个摊子卖卖菜一个样子，不会有什么稀奇古怪的地方的。"

"话虽如此，然而宪法条款中毕竟没有明文提到过。"

"总不见得是犯罪的勾当吧？"

"至少是在两可之间。"

"可是有些人为了这桩那桩鸡毛蒜皮的事举行示威游行，不是都蒙获批准许可了吗？"

"那倒不假，可是务必要逐次申请、逐案审批的。而您的行动，比方说，难道不会造成交通堵塞吗？您必须用更准确的措辞表达清楚，再写一份更详细的书面申请来！"

"我想要开办一个教人讲真话的学校。"塞杰尔一丝不苟地说得分明，冀图把警察局局长的兴趣勾起来。

"真是来者不善呵！"警察局局长呼出了这么一句。

这个看法叫塞杰尔摸不着头脑了。

"要是这个学校能够取得成果的话，终归会对大家都有好处的，尤其是对警察，难道不是吗？"

警察局局长扬了扬眉毛，张口闭舌看着他：

"全部问题的症结恰恰就在这里。照这么做下去，警察局岂非要无案可办、关门大吉了吗？现在我们不妨都深信不疑：撒谎，或者至少要隐瞒一些真情实况乃是人之常情吧。"

塞杰尔却是顽固不化。

"我已经查得一清二楚，在法律上不会有任何障碍。"

他说道。

"也许如此。然而在实际执行中却是行不通的。至少总得要有一个警察在现场弹压，维持治安吧。而如今我们在特罗萨只剩下了四个警察。从前，逢到集市日子倒曾经有过十四个警察。"

"从我这方面来说，根本没必要有劳警察的大驾来维持秩序。"

但是，警察局局长也是顽固不化的。

"我劝您回去把这份申请补充完善。必须将您的想法陈述得一清二楚，力求详尽确凿。您将这份文件按照正常行文程序先呈报给当地警署，再由他们逐级上报给我。到那时候，这桩案件该怎么处置，我们再说吧！"

塞杰尔对于这一套繁文缛节的官僚主义公文手续是很懂行的。于是，他去查阅了瑞典在1952年批准欧洲理事会保障人权公约生效的有关详情细则，重新写了一份申请书，呈交给了特罗萨当局。

为了更加保险起见，他又再次来到尼雪平市，面谒警察局局长，进行游说：

"我一连思忖了两个小时。我想最迟在五月一日开学。"

冬去春来，他最后终于弄到手了一张只写着两行大字的批件回文，纸上盖满了一连串的官印公章之类的东西。光是手续费就花费了一张十克朗的大钞，然而他想在广场上设立一个演讲台的请求却遭到了严词驳回。

塞杰尔只蒙批准在那里放一张踏脚小凳。

二

塞德特利耶这城市颇有一点东方的色彩。在一千年以前，特利耶曾经是黑尔格岛、比尔卡城，还有梅拉伦湖之滨一大片地方的海运中心和大宗土产货物的集散地。很久以后，北边也有一个城市叫作特利耶[①]，为了分清楚起见，这个城便叫塞德特利耶[②]。特利耶这个词是拉丁文"Telgas"（城邑）的宾格受词，顾名思义，十之八九指的是"住在Telgas里的人"。这个地方据说出过一位嫁给国王英格的拉格希尔德王后。大约就是这位王后建造了教堂，所以这个城市的城徽上至今还饰有她的身像。

差不多就在这段时间里，种种关于特利耶人都是傻瓜的逸事到处流传开了。于是，这个城市就变成了一个远近闻名的傻瓜城了。博览群书、博学多闻的卡西乌斯博士曾经描写过不少关于这个城市的趣闻逸事。当时，城的四周有朱红色的砖砌城墙围绕，城墙上雉堞连绵、哨楼林立，绿色的蜥蜴在墙缝中爬来爬去。

有一天，从古尔甘[③]和撒马尔罕[④]来了一个商贾，带领

---

① 系指诺尔特利耶，意为北特利耶。

② 塞德特利耶，意为南特利耶。

③ 古尔甘，中亚一古城，现在伊朗境内。

④ 撒马尔罕，中亚一古城，现在乌兹别克斯坦境内。

着一长队骡子。他的货物给赶骡子的脚夫偷了，可是他不知道是脚夫当中哪个人干的。到了晚上，他发给每人一根同样长短的木棍，并且说道，那个小偷的木棍夜里会长出一寸来。那个犯了罪的脚夫自不待言，想先下手为强做好手脚防止被人发现。他当夜偷偷把他的木棍不多不少截掉了一寸。翌日凌晨，唯独只有他的那根棍棒恰恰短了一寸，于是真相大白，他被揭露出来，受到了严厉的惩处。

另一桩案子是有个从卡斯汶来的医生。他租了一匹骡子当作坐骑，跋涉穿越灼热逼人的特利耶沙地。刚走到半路，天气酷热难当，实在烤得人无法忍受。医生便跨下骡来，坐在骡身背后的阴影里凉快凉快。后来他把这牲口交还给主人的时候，那骡主却发话说医生虽然租了骡子，但是并没有租用骡子的影子，因此必须另外加付一笔租用影子的租金。这桩官司告到霍拉桑①的法官面前。那位法官苦思冥想、抓耳挠腮，无法将这一案件判出个名堂来。

不料，特利耶的傻瓜中，居然有一位站出来使这个疙瘩迎刃而解了。

"那位医生既然使用了影子，理应付租金，"他说道，"不过只可以用钱币的叮当碰击声响来偿付。"

这桩案子的秉公判断使得特利耶居民的聪明才智誉满一时，名气甚至远扬到波罗的海各个国家。

第三桩逸事未免有点不大体面了。那时候，茨勒伊的山顶上还有一座修道院，那里麇集着几个贪杯好色的修道士。这批饕餮酒徒、狂浪色鬼平日都在特利耶的山顶上苦苦修行。不过，有时候他们也要放浪形骸，同城里的那些

---

① 霍拉桑，中亚一古城，现在伊朗的东北部。上述三城均取材于《一千零一夜》的故事。

被市民叫作"牧牛女郎"的女人们玩玩捉迷藏的游戏。修道士们连哄带骗，把她们诱进修道院，将这些女傻瓜搂抱奸污，并且还要这帮特利耶女人猜究竟是哪一个修士正在拯救自己。诸如此类的无稽之谈，博古通今的卡西乌斯博士居然在他的皇皇巨著中记载得淋漓尽致。

特罗萨的历史几乎同特利耶一样悠久，它位于同一条河流的稍上游处。这两个地方素来存有芥蒂，各持偏见，嫌隙很深。在某种程度上，可以说这两个地方的居民是靠着诋毁对方来混日子的。

早在15世纪，特罗萨已经得到可以称为城市的资格了。这个城市的城徽是一弯新月，月钩上端坐着月亮神，月牙底下是一只用两对双桨划的小船，算是谨志纪念早已被明令禁止的使用渔叉的捕鱼业。随着时光的推移，塞德特利耶已经发展成了一个拥有汽车厂、分离机制造厂和医学制药厂的工业城市，从而把特罗萨无可挽回地远远抛到后面去了，甚至特罗萨的捕鱼业也已奄奄一息。

特罗萨倒仍旧还有一家鲱鱼加工作坊，可是鲱鱼却是千里迢迢从挪威的特隆汉姆运来。港口已经淤积堵死了。有人还想在最后剩下的那艘S/S特罗萨号汽船上安装上轮子，让它可以登陆行驶上码头。可是，事与愿违，如今汽船航运业早已寿终正寝了。特罗萨的居民对此愠憎怨怼，大肆诽谤谩骂塞德特利耶用来解解心头之恨。

在所有的事情当中，塞杰尔最忌讳的就是对这个诞生出他舅舅并且被誉为"天涯之巅"的小城横加挑剔和指责。譬如说，他根本没有想到过要嘲讽挖苦本市的报纸。这家报纸是索尔姆兰郡历史最悠久的一家，每逢天晴无雨的星期五出版一次，小巧玲珑的四页版面。不过，这家报纸据说要比伦敦《泰晤士报》更加可靠，值得读者信赖。有人甚至指责它说好几家斯德哥尔摩大报被它挤垮了！这家报纸的铅版殊为罕见，每条消息的排版，只消把张三的名字换成李四就行，其余均原封照用上一回的。它的理由是反正普天之下的人都是同类，只是名字不同罢了。

在特罗萨城里，也有一帮专门哄骗欺诈的无赖，聚在小河边的长凳上，进行各种伤天害理的诈骗勾当。可是塞杰尔却不敢去得罪他们。他觉得这些人只是靠骗术混日子，像是在蜂窝里嗡嗡乱鸣、忙碌不停的工蜂，可以说是无辜的。而他要过问的是关系到全人类的重大问题。

在翘首鹄望当局作出决定的这段闲暇时间里，塞杰尔从市立图书馆借来了马基亚维利[①]著的《君主论》。他愈念这本书，愈是义愤填膺、火冒三丈。

> 一位君主既不能够也大可不必信守自己的诺言，万一这种允诺会使他日后备受其害，或者当初信誓旦旦的条件已经时过境迁了的话。倘若所有的人都是老实善良的话，这一劝告未免失之于卑劣。然而，时下令人痛心疾首的是人人轻诺寡信。既然没有人向你遵守他们的诺言，你亦可不必信守你的诺言了。

这一段话在塞杰尔的眼里看来，简直是十恶不赦，他再念下去：

---

① 尼可罗·马基亚维利（1469—1527），意大利政治家和历史家，为达到目的而不择手段，玩弄权术。因而，他的名字成了诡谲奸诈的同义语。

君主们若是想把自食其言的举端濡染美化一番，总是可以找到恰当的借口，振振有词为自己开脱。这方面的例子真是不胜枚举。且看：有多少和平协定和盟约皆是因为君主们的背信弃义而沦为一纸空文，结局始终是那头最大的狐狸在角逐之中将猎物捕攫到手。这是一种不仅不应贬抑，而且应当以适当方式予以褒扬赞美的品德。也就是说，人类天生下来如此糊涂愚蠢，往往为眼前一时之需所支配，以致可以轻而易举地找到那些甘愿上当受骗的人。

塞杰尔被马基亚维利的书弄得惊愕不已。这一类出尔反尔的行为居然被那些至尊的权势者奉为美德懿行，无怪乎这种毛病自上而下竞相效尤，弄得贻毒四方，结果全世界都是谎言弥天了。就从这一时刻起，塞杰尔被一种不可名状的谵妄症所侵袭支配了，于是他决定他的讲真话学校要办得既面向上层权贵者，又深入到广大民众中去。

在这种自命不凡、不可一世的遐思之中，他的眼前似乎朦朦胧胧浮现出这种情景：有朝一日他将会具有那些站在雅典街头广场上向民众讲授智慧学问的古希腊哲学家的风采仪容。其实，当时的雅典同如今的特罗萨城没有什么了不得的不同之处，只不过广场和卫城①远为壮观一些而已。

这些古典哲学家的箴言警语使得他们一个个都成了整个西方世界的导师和启蒙者。他反躬自问的时候，不得不老老实实承认他的目的也正是想使他自己由于搞成了这一

---

① 卫城系古希腊城市防御敌人修筑的城砦和城堡。

业绩而名扬天下。这种潜意识谅必苏格拉底[①]、柏拉图[②]和亚里士多德[③]当初都隐隐约约有过。

也就是在那一段时间里，他坐定下来制定出了他的教学大纲。对那些无足轻重的小人物和普通老百姓，他应该用通俗易懂的语言，深入浅出地教他们懂得要是他们不再藏头露尾、不再撒谎骗人，生活会更加美好。他们应该从现在做起，至于他们过去说过的一切陈年宿旧的谎话就一笔勾销不予追究了。他们用不着像某些宗教运动里时兴的那样要当众将自己昔日犯下的罪孽彻底作出交代。对大人先生们，他必须用切磋琢磨学问的方式，既广泛渊博又鞭辟入里地讲透自己的真知灼见。不过，他在这些人面前务必要回避对道德或者宗教问题采取的立场。在这类问题上闪烁其词不表态是万万不可缺少的。

塞杰尔在银行里工作的漫长岁月中，认识了各色各样的人，既有诚实的人，也有不诚实的人，像设法冒领钱财的诈骗者、偷税漏税者、假装破产来捞一笔的骗子、作伪证者、偷鸡摸狗捞小便宜者，等等，不一而足。至于广大公众，他们大家也是这样那样地手脚不大干净。

"千万不要小看嘲笑这个学校从特罗萨首先开办起来的意义，"他去谒见警察局局长，为了求得批准进行游说，"说不定特罗萨这个田园牧歌式的小城有朝一日会受到全国的注意哩！也许全世界都要瞩目相望哩！世界上没有任何地方已经小到做不出什么轰轰烈烈的大事来！"

---

① 苏格拉底（公元前 469 年—前 399 年），古希腊民主政治活动家。

② 柏拉图（公元前 427 年—前 347 年），古希腊唯心主义哲学家。

③ 亚里士多德（公元前 384 年—前 322 年），古希腊思想家，二元论者。

他本来还打算向警察局局长长篇大论地阐述一下浩瀚渺茫的宏观世界其实就蕴含在微观世界之中，说明一滴雨水可以反映出整个宇宙，一个人可以反映出民众，当地的雷神汽车公司的黄颜色车辆可以反映出整个银河系统的天体运行。

"行啦、行啦，"警察局局长说道，"那些我都不管，犯不着费神作出判断。我所注意的只是务必保证不要闹出乱子来。"

塞杰尔在初春的时候已经在西朗格大街租赁下了一套住所。万一他在广场上开坛宣讲之后，有些听众顿时为之倾倒，他们余兴未尽要来登门求教，他就可以有个地方接待这些皈依者。

他自己以为从今以后可以同塞德特利耶一诀而别，永不再去了。他专心致志地想把特罗萨建设成为一个朝圣地，让那些颠沛跋涉、如饥似渴的信徒来到这真理之井，痛饮井里清冽的甘露。

三

　　塞杰尔果然像开始所预料的那样如愿以偿了。五月一日那天，他居然择吉开张了，在广场上面对着书店的地方摆出了他那张矮矮的踏脚凳。那家书店是一家有五十年历史的老店，同本地的报纸《特罗萨广告报》同时开办的。为了方便起见，如今大家在日常谈吐中不大提到这家报纸的全名，只简称为"TA报"。他的左首是东朗格大街。那条通衢大道上耸立着本城绝无仅有的一幢现代化建筑物。街上车水马龙，交通拥挤不堪。他右首是本城另一条大动脉——西朗格大街。市立大旅社就坐落在这条街上。街的两旁鳞次栉比地排列着五光十色的老牌字号：查格里逊五金店、药房以及经售针头线脑的缝纫用品商店。街的尽头是教堂，坐落在俯视全城的山丘上。这个小山丘被特罗萨居民命名为阿尔卑斯山，山坡上残存着旧城的残垣断壁，城里还聚居着许多被特罗萨居民谑称为"墨西哥野人"的贫民。山丘往右，特罗萨河懒散悠闲地淌入梅拉伦湖。河口上有一个急待疏浚的码头。这条有着威尼斯式廊桥的小河两边，一排排小游艇仍在冬眠。当年春天来得很早，苹果树、菩提树、槭树、日本樱树都已含蕊吐艳、花俏叶茂了，花园里的大黄长得比往年要高出一大截。本市市立银行靠在他的左侧背后，妇女服装用品商店正对着他的后背脊梁。

钟敲十二点，第一批游行队伍①穿街过巷，浩浩荡荡来到了本市人民厅前，游行的群众在那里听了五一节的政治讲演。游行结束后回家路上，人人都想光顾一下市立大旅社，进去喝上一杯。于是，大旅社门口立即形成了一条长龙。这一天是非宗教性的世俗节假日，因而三教九流、士农工商都上街来徜徉，贫民、富人、乡巴佬、教书先生、做生意的买卖人，还有外地来的游览观光者，各色人等不一而足。广场上比肩继踵、熙来攘往，热闹非凡。教区牧师踱着方步缓缓徐行，市里的大医师开着汽车风驰电掣，呼啸而去。孩子们、来这里消夏的游客们、养老院里的老头老太们也都纷至沓来。一个值勤的警察，腰带上挂着白色警棍，站在赭红色的街沿石上，全神贯注地戒备监视着。塞杰尔有点怯场心慌，一时不知开场白从何说起才好。

"本人名叫康拉德·塞杰尔。我想向诸位讲一讲要说真话的问题。"他终于朝着几个步履蹒跚，想在广场上找个地方歇歇脚的行人开讲起来，"从今天起，我决意每天都在广场上这个地方站几个钟头，来开展教育活动。我要尽自己的绵薄之力教会大家无论在大是大非上或者在日常琐事上，都要讲老实话，千万不可说谎。我还想阐明怎样在社会上实现这一想法。我相信只要这样做了，一切事情都可以变得更美好。我把我的事业起名为'讲真话学校'。我的希望是要建立起一种协会，一种爱讲真话的志同道合者聚集在一起的协会。参加者不收任何费用。我相信诸位都会对我在这里要讲授的东西感兴趣。"

---

① 系指五一劳动节游行的队伍。

133

"你在胡说八道，"有一个人停住了脚步，他因为没有能进市立大旅社去喝一杯而怒气冲冲，"我们早就听腻了这一套。他满口许愿他那个政党要做的事情，肯定全是骗人的。我们不想再听更多的谎话了。"

为了保障安全起见，塞杰尔把那张批准开业的公文随身带着。此刻，他不禁伸手去摸一摸，幸好那纸公文倒还安然无恙地在口袋里。

"我要讲的不是政治，而是诸位的切身生活。"

"是哪个出钱雇你来站在那里乱嚷嚷的？"

"没有人，我自己掏腰包的。所有这一切都是我自觉自愿来干的。"

"你撒谎！"

塞杰尔对于出师头阵就遭到拒斥反对感到不胜欣喜，因为这类火星会为他日后的集会点燃起熊熊的火焰。

"这是一个很好的开头。等我讲演完了，我们可以再接着谈谈。"

他想尽量把话讲得简单明了，避免空口许宏愿，也不追求侃侃阐述深奥玄妙的哲理，至少在一开头不讲。然而恰恰因为他讲得通俗易懂，听众倒反而对他产生了怀疑。

"如今世道绝没有不要钱白干事的人。你自己面口袋里装的也不见得是干净的面粉，你自己说对吗？再说你要真的想让人听懂一点东西的话，你应该使用那些高深莫测的字眼才对。否则的话，没有人会相信你的话。只消看看，所有的演说家都是那么干的。"

"滚回家去歇着吧！"那个被人称为本市最大的骗子对这种挑战嗤之以鼻，"在这个城里刮风下雨都要听我的，我对自己城里的人是心里有数的。"

只有那位值勤的警察纹丝不动地站在自己的岗位上进行着监视。他已经目测检查了那张踏脚凳，高度倒似乎没有超过许可的限度。

"来呀，我们再接着谈谈。"塞杰尔不甘示弱，冲着他的对手叫嚷。

然而，本城头号骗子法朗士却没有兴致奉陪，他晃晃悠悠地走开了。塞杰尔恍然大悟，在当前的境况之中，想要做长篇大论的演说是行不通了。于是，他只好同身边遇到的人三言两语谈上几句。只有很少几个人不惜花费口舌对他奚落嘲笑一番。大多数人都眼巴巴死盯着市立大旅社，一步一挨地向着那个残肴剩羹狼藉满地的庭院挤过去。

有一个家伙用脚踢滚着一只桶走了过来。

"你桶里装的是什么？"人们问道。

"烧酒！"

"有多少？"

"二百公斤！"

当这个男人脚踢着那个有几百公升容量的空汽油桶在塞杰尔面前滚过去的时候，整个广场都回荡着哐啷哐啷的巨响。这是一个所谓说笑话性质的谎言，塞杰尔只好眼开眼闭，不予理睬。

"喂，不准在此骚扰滋事！"警察厉声呵责说，"我奉有上峰指示严加防范，必须制止闹事。"

"什么，我闹事了？"

"那边有个人正在忙忙碌碌干着他的工作，城里每个人都在忙着自己的事情。"

"可是我并没有骚扰闹事呀！"

"那边的仁兄是个好斗分子。就是在没有人招惹他的时候，他都不大好对付。若是受到挑衅惹急了的话，他会拼命的。"

塞杰尔看出来这一天再没有多少作为了。于是，他收起摊子，把踏脚凳往胳膊下一夹，便回家去了。下半天剩下的那几个钟点，他都用来背诵台词、练习手势。

当他爬上那张踏脚凳居高临下地俯视那面穿衣镜的时候，他看到镜子里只能容纳下自己身体的三分之二。镜中的身影大腹便便、仪表堂堂，服饰装束雍容华贵，自有一副银行行长的派头。一股莫名其妙的不安袭上了他的心头，后悔自己不该去沾手这么个湿面团。每一个像他这样有体面、有地位的人必定会挑选安享尊荣、消受清福的事，而决计不会异想天开要创建什么讲真话的学校。

然而在片刻惶遽之后，他又记起了自己曾许下的要做出一番不枉度此生的、轰轰烈烈的事业的宏愿。虽说他在塞德特利耶素来是一位信誉卓著的人物，休假期间常常代理行长的职务，可是毕竟有过一段有口难辩的往事，这一隐衷使得他对讲真话问题有切肤之痛，促成了他矢志献身于这一事业。特罗萨的夜晚很快来到了，也降临到了这幢房子。四周安静宁谧，万籁俱寂，甚至连一根针掉在地上都可以听得见。

第二天只发生了一桩值得一提的事情。

他刚刚在广场上摆好那张踏脚凳，就走过来了一大群由女教师带领来作假日旅行的孩子们。这群孩子看到广场中心有个男人笔直站在那里讲道，十分稀奇地站住了。塞杰尔一见机不可失，便对孩子们宣讲起来，因为要知道人都是从小时候开始学会说谎的。

"我的名字叫塞杰尔伯伯。"他启口作了自我介绍，想尽量用他自己心目中的儿童语言来演讲，"我想要站在我的这张凳子上向诸位儿童讲讲关于说真话和假话的问题。请大家仔细听我的话。要知道，说谎是一桩很费脑筋的事情，尤其是说了这个谎，再说那个谎都要编造得丝丝入扣的话。学会说谎就像要上一门课那样，得专心致志地学。现在好了，我们可以不用去操心上这门课了，只要我们知道我们讲出来的一言一语都是真话。我讲完以后，你们要是有什么问题想问，可以随便提出来。"

这一群穿着五颜六色的节日盛装、打扮得漂漂亮亮的男孩和女孩都呆呆地站在那里，等着这个人给他们讲个童话或者是一个什么故事。只有那位女教师，目光炯炯地戒备着他，她长着一双紧挤在一起的斗鸡眼。塞杰尔随机应变，决定也要在她身上灌注下同样多的心血。

"一个孩子刚出娘胎就天生有会撒谎和会讲真话这两种本事。可是儿童长大起来都宁可讲假话，这就不能不说是大人的毛病了。早在没有满周岁之前，一个婴儿就可以认出各种各样的东西，会想法子用一举一动来撒娇哄人了。不过，他们虽然在这桩或者那桩事情上想要哄人，但是要长大到三周岁方才学会用语言来骗人。儿童们领会到要是说假话总可以得到一些好处。其实，这是我们大人在诱导儿童说谎。儿童的说谎只是大人说谎的雏形而已。儿童说谎最通常的原因往往是借以逃避惩罚。后来就发展到损人利己，使他们的小伙伴、使别的小孩受到损害。不过，所有这一切，他们都是从自己的父母、老师那里，从我们大人那里学到的。"

"怎么竟然可以让这样一个人在大庭广众面前胡说八道，"女教师愠怒地责问，"来吧，孩子们，我们赶快离开这里吧。"

那个警察挥了挥手，但是他没有上前去干预。在他看来，一个班级这样的集体是不可以去多打搅的，正像仪仗队的检阅游行不可以让车辆交通切断一样。

塞杰尔当机立断，决定要在出自礼貌而不得不说假话的问题上因势利导：

"倘若诸位决心从现在起立即开始讲真话，不再遮遮掩掩或者说假话；倘若诸位不是对那位当事人故意讨好的话，你们应该直言不讳地老实告诉你们的女教师说她是个斗鸡眼。当然这怨不得她，她自己是没法补救的。相反，她真是叫人惋惜。但是，为什么你们尽管在背后大讲特讲，还拿斗鸡眼来逗趣取笑，可是当着她本人的面，你们却噤若寒蝉、一声不吭了呢？这是因为你们不太真诚老实。虽然这可以说成是你们出自师生情谊和体谅关怀而不当面讲，但是这毕竟还照样是说谎。比方说，在一个人死了之后，究竟有多少人还非要讲他身前是一个令人讨厌的下流坏不可呢？这是一种文过饰非，是在上帝面前说谎。"

孩子们都开心得满脸通红，浑身战栗。他们头一回亲耳听到有人居然公开冲着他们的老师说出他们私下偷偷加以挖苦嘲弄，并且挤眉弄眼来模仿的这个笑柄。斗鸡眼女教师怒不可遏，转过身来气急败坏地朝着警察叫嚷：

"这个人应该逮捕法办。赶快把他抓起来，省得他站在这里贼头贼脑盯住人瞧。"

那位警察见势不妙，急中生智抛出了一个从进退维谷的困境中脱身的谎言。

"我没有听真切他在说些什么，"他一面支吾地说，一面举起手来直挺挺地对女教师致了个敬礼，"不见得做了什么抱有恶意的事情吧。"

"不见得抱有恶意？亏你还算是个警察，维持治安秩序的卫士哩！你这个人，哼，戆头戆脑！"

这群孩子像小鸟似的朝着西朗格大街飞掠过去，片刻之后就消失得无踪无影了。

❧ 四 ❧

当塞杰尔还在塞德特利耶银行里任职的时候，那地方住着一位善诈惯讹的女人。她的芳名叫作托斯卡·默尔克。其实，"托斯卡"只是她的绰号，意思是"两张脸皮的美人"。她真正的闺名叫作托拉，曾经把许多男人的生活搅得像一潭苦水，使他们倾家荡产。倘若她早点出世，生在还有修道士的时代，这个骚货保证会把那批圣洁的神职人员撩拨得六神无主、颠魂倒魄，把那座修道院闹得天翻地覆、房倒屋塌。她已经同一个很体面的男人结了婚，本来不消再玩什么欺诈伎俩来谋求生计了。但是她却仍旧恬不知耻地欺骗她的丈夫。她遇事逢人就鼓起如簧之舌胡编捏造，在熟人之间或者在素昧平生的生人之间、在家里、在商店里、在大街上都不说真话。她在一切可以想象得出和想象不出的场合，都施展出无事生非、添枝加叶的本事，到处散布流言蜚语。纵然在往昔的年代里，她恐怕也几乎无法忝居在本城的傻瓜行列之中，倒是她把本城的居民，尤其是男性，都玩弄于股掌之上，搞得这些男人一个个都变成了傻瓜，甘愿如痴似癫地为她卖命效劳。

默尔克夫人打扮得花枝招展，天天变换着服饰姿容，只是偶尔有一两回相同。有时候，她从头到脚一身大红，火辣辣得活像一只狐狸。有时候，她摇身一变，成了一个碧眼金发的美人，虽说头发根上还是黑黢黢的。她是一个传奇式的荡妇淫娃：自己胡诌乱说同这个或那个男人的风流艳事，其实那些男人根本连摸都没有摸过她一下。可是，她同许多男人幽会寻欢，而又口口声声咬定同这些男人连一面都没有见过。这些情场趣闻辗转相告，以讹传讹，弄到后来阴差阳错、颠倒乾坤，真成了一笔糊涂账，所有的事情都是玄而又玄了。

她信口雌黄编出这么一大堆谎言究竟为了什么，人们很难琢磨出来。于是，大家只好说她是犯了一种病理变态性谵妄症，也就是说为了说谎而说谎。万一她偶然在无意之中说漏了嘴，居然吐露出一句半句真话来，那她真会臊得满脸通红、无地自容了。不过，在有些时候，她说谎的目的虽然不能确切断定，但也够显而易见的了，那就是为了捞到点好处，或者享受到某种乐趣，等等。她的内心深处好像总是孕育着一股冲动的欲念：非要向老实话挑战，把老实话逼进死胡同，弄得它走投无路不可。

至于同塞杰尔嘛，她先是出其不意地把他变成了自己的情夫。随后，又哄得他相助一臂之力，帮她从银行里提取出一笔高达五位数字的巨款。塞杰尔在特罗萨市广场上作演讲的事情，《特罗萨广告报》只用了寥寥数语发了一条短讯，而《塞德特利耶报》为了追求轰动起见，大肆张扬渲染了这条新闻。这时候，默尔克夫人仍旧在塞德特利耶过着欺天瞒日的生活，所以塞杰尔内心惶惶不安，唯恐有朝一日她本人突然出现在他的面前，把他的惨淡经营的生涯毁于一旦。

第二天凑巧是个集市，小商小贩们纷至沓来，云集在塞杰尔的踏脚凳四周，摆设起了摊子，叫卖兜售各色各样的蔬菜瓜果。有些摊贩是卖草编筐篓的，有些是销售纪念品的。他们满以为旅游者一见到这些纪念品就会爱不释手，抢着购买。其实，这类玩意儿在本城各家店铺里都充斥柜台，俯拾皆是。那纪念品不过是在木片或者金属片上点缀着特罗萨城徽做成的小盾牌而已。有的还大言不惭地在装饰绶带上写了"天涯之巅"字样。它倒恰好证明只要有钱可赚，人们不惜于把自己的城市嘲弄一番。

塞杰尔觉得义不容辞地要把这个问题说说清楚，他觉得找到指点众生走出迷津的一丝线索了。

"自吹自擂固然不好，过分妄自菲薄也不可取。"他把脸转向兜售纪念品的小摊贩们，"有人把我们的城市说成是穷乡僻壤的弹丸之地，尽情讥谑取笑，这分明是在装腔作势地贬低自己。其实，地方并不在乎大小，小城市不应该比大城市更受到奚落讥笑。特罗萨完全可以同全世界其他城市相匹敌而毫无逊色之处。"

"那家伙吆喝着在卖点啥？"有个外地口音的人问道。

"啥都不卖，他在那里耍嘴皮子。"

"那么，他在唠叨些什么？"

"他啰唆不休劝人说真话。鬼知道他在讲些什么。"

"他疯疯癫癫的，好像神经有点毛病。他有营业执照吗？"

"他倒一口咬定说有。不过最好去向那边的警察打听一下。这个家伙站在这里碍手碍脚地尽挡道。"

一阵阵略带咸腥味的海风轻拂着塞杰尔的脸庞。空气中弥漫着东朗格大街散发出来的柏油味。春天垂暮，初夏将至。土豆、荷兰芹、甜菜、卷心菜都已经熟透了。塞杰尔举目向四周环视，在他眼里看来，菜摊上摆的似乎都是腐烂不堪的货色。于是，他非要敲打敲打这些昧着良心做买卖的摊贩了：

"这些摊上出售的都是腐烂发臭的货色。可是大家宁愿上当受骗，还相信这些东西总要比低温冷冻的新鲜得多。其实不然，摊贩们都是连哄带骗让顾客上当……"

那个警察走了过来。

"不许再讲下去了，"他举起了警棍，"不准冒犯侮辱他人！"

塞杰尔却置若罔闻，一味继续往下讲：

"有一种是被人称为生意经的说假话，"他从理论上侃侃阐述，"但是，这种生意经绝不可以被说成是无可奈何而撒谎，因为没有任何谎言是迫不得已、情有可原的。只是大家自以为是出于无奈只好扯个谎。其实这有什么好处呢？因为人人都是以尔虞我诈为信条的。要是人人都不在别人面前说假话，岂非妙哉？一切都可以维持原状不变，只消大家表里一致，大家不再你欺我诈就行。那样的话，我们大家言行举止都必定更加心情舒畅，不必费神去记住上一次我是用什么法子来骗人的。整个生活也就会更美好了。"

"怎么竟让这家伙胡说八道，"外乡口音说道，"而且在光天化日的大庭广众面前。难道这样的人不该关起来吗？"

那位警察没有什么动静。因为塞杰尔方才讲的一段话都是泛泛而谈的，无论在批准许可书里或者在给予警察的随机行事的指示里都没有明文规定要对这类言论采取干预行动。

"我要为建立一个这样的人类社会而大声疾呼：在那个社会里，人人都以诚相见、光明磊落。他们一言一行绝不哄骗欺诈。不仅是生意人应该如此，首先是政治家们更要以身作则。诸位一定会理直气壮地反对说：我所鼓吹的岂不是一个至臻无瑕的君子国了吗？不错，我所努力争取的正是一个没有谎言的、人人以说谎为可耻的世界。大家会说：这样的世界不知道到哪辈子才会有。然而，万般诸事总要有个开头才行。我建议：我们应该从现在做起，就从今日起。就在此时！就在此刻！"

最后这一句，乍听起来活像是呼吁圣迹显灵的播道会上讲的一样。人群中闪出了两个从乡下进城的老太婆，看样子是虔诚的信徒。她们双双抢步上前，挤到跟前去想听得更真切一些。

警察想要发出警告不准她们靠近，可是已经来不及了。于是，这两个老太婆便算倒霉，惹了点麻烦。

"不准聚众滋事！"警察下了诫令，"人人都不准挨在一起。散开！散开！"

那两个老太婆莫名其妙，气冲冲地抗议：

"这里哪个人都认识我们。再说谁不知道我们姐妹俩本来就是双胞胎。"

可是，那也无济于事。警察硬是把她们撵走，不准她们停下脚步。她们俩只好违心地俯首听命，一面还斜睨着眼睛，偷偷觑量她们从来没有正眼瞧一下的那根警棍。这以后，集市恢复如常，摊贩们照旧营业，兜售他们的菜蔬。

康拉德·塞杰尔同托斯卡·默尔克夫人之间在两个场合关系暧昧到这般地步，以至于他羞惭难当，恨不得一口把自己的脑袋咬下来。如今事情虽已成了陈年旧事，然而血污疤痕却犹历历在目，无论在梦寐里，还是醒着的大白天，都朝着他龇牙咧嘴地讪笑着。他之所以乐意将此残年奉献给讲真话之神，说到底，最根本的缘故也正是那个女人。

她先是施展出媚态，当上了塞杰尔的情妇。虽说她已是有夫之妇，而他却是个丧偶鳏夫，不过她仍然觉得他们两人是君子淑女，天造地设的一对。况且，也没有什么风险可言。塞杰尔孤身一人，形影相吊，正好为缺少闺中之乐而苦恼不已。他上了年纪，更是欲火难熬，倍感寂寞，所以对这个风流女人梳妆打扮送上门来当然喜不自胜、受宠若惊了。但是，她断然拒绝到他的家里去同他幽会，免得惹人说长道短。她要塞杰尔趁她的丈夫晚上出门去打桥牌的时候，溜到她的屋子里来偷情欢娱。好在他们两家都住在同一幢楼房里，又正好是最靠近前门走廊的近邻，所以没有人会察觉到什么。

"我像所有身强体壮的女人一样，需要有一个货真价实的男子汉。"她曾嗫嚅出这番话，言下之意不外是说：她的丈夫在满足她这方面分明是个无能之辈。

塞杰尔为了不在宽衣解带上浪费千金一刻的时间，通常是光着身体裹件寝袍，就溜进她的房间里去的。久而久之，便养成了习惯。除此之外，她的丈夫素来是把打桥牌的时间奉为神圣不可侵犯的，一直没有出其不意地提早回家来过。他在遵守作息时间这方面确实是值得信赖的。所以，久而久之塞杰尔也就心安理得以为保险无虑了。

有一天晚上，她过来叩了叩塞杰尔的门，招呼他溜过去。一切都像往常那样准备停当，然而塞杰尔不知怎么却总有些心惊肉跳。

"你怎么没有把门锁上？"他诘问道，"那岂不是随便什么人都可以闯进来了吗？"

"放心，先在这外面等一等。我到卧室里去卸卸妆，收拾一下。"

塞杰尔刚等了不多片刻，大门把手倏然往下一沉，默尔克夫人的一个女友冒冒失失地闯了进来，这个女人曾同他在银行里匆忙地见过一面。

"我是来找默尔克夫人的。"那女人说道。就在这一刹那，他看出来她已经认出他来了。

他支支吾吾答不出话，并且抽起身来准备逃走。

"在……里面。"他终于结巴说出了一句。

就在这时候，托斯卡娉娉婷婷从寝室里走了出来，照样浓妆艳抹，衣冠楚楚。

"原来你们两位彼此认识？"她问道，脸上露出了诧异的神色。

那个女友似乎对眼前的场面究竟是怎么回事，看出了点蛛丝马迹：

"谈不上认识，只不过见过一面而已。"女友淡然答道。她已经洞若观火地体察出一个有夫之妇把一个陌生的男人留在身边，却又被人发现时所面临的那种进退维谷的尴尬处境。

不过，这还是当晚遇到的第一桩意料之外的怪事。正当塞杰尔忙不迭要脱身逃走的时候，他猛听得大门上传来哐啷哐啷的开锁声响。大门上装的是那种常见的撞锁，方才女友走进来顺手把它撞上了。塞杰尔马上意识到这是默尔克夫人的丈夫回来了。

"快躲到大衣柜里去。"托斯卡·默尔克悄声低语说，她好像也吓得手足无措了。

塞杰尔听见钥匙在锁孔里转动的咔嚓声，他于是不顾一切窜进了大衣柜里。待到刚刚把身体藏匿好，他就听到默尔克先生踩在门厅地毯上的沉重的脚步声。

"我来晚了一点，"他听得默尔克先生在抱歉，"我有点事情耽搁了。"

在这以后，塞杰尔只听得他们三人在外面叽叽喳喳、言谈说笑地讲个不休。而他却困囿在一个狭窄的大衣柜里，憋得要命。大衣柜里挂满了皮大衣和姹紫嫣红的裙袍。托斯卡·默尔克平日上街溜达，或者到银行里去走走的不少于二十几种妖冶的俏模样都在这里荟萃了。俄而，从波浪一样轻盈滑溜的衣料上扬起了一阵阵香粉薄雾，直钻进他的鼻孔里。他觉得非要打喷嚏不可了。他想使劲憋住，不打出来，可是他明白要是那几个人不立刻离开前厅的话，他肯定要被这个喷嚏断送了。

"我的女友刚刚才到，我一直在等着你，结果反而倒是她先来了一步。我一直没有把门锁上。"托斯卡·默尔克夫人说道。

就在这一瞬间，塞杰尔的喷嚏迸发出来了，响声穿云裂石，简直好像要把这个大立柜崩塌开来一样。

"哎哟，上帝啊，"托斯卡惊吓得尖声狂号起来，似乎马上就要昏厥过去，"莫不是屋里溜进人来了。"

那位丈夫亦骇怕起来：

"我去打电话叫警察。"

"你真是个胆小的脓包，也不先弄弄清楚青红皂白。"

这个喷嚏又震得扬起了一阵香粉尘雾，柜子里氤氲弥漫。塞杰尔忍不住又打了两个霹雳一般的喷嚏。默尔克先生镇定下来，疾步走到大衣柜前，猛然拉开了柜门。他立即认出来躲在柜子里的原来是他的邻居，身上披着一件几乎裹不住身体的寝袍。

"这是怎么回事？"

那位女友似乎开了窍，觉察出内中的暧昧圈套，但是她觉得她必须要对朋友表现出肝胆相照的义气，所以她一声不吭。如今倒是默尔克夫人站出来圆场，规劝丈夫不要怒气冲冲、大惊小怪。

"这岂不是我们的贵邻居吗？谅必他是趁人不注意的当口偷偷溜进来的吧。好在没有发生什么别的事情，就不消打电话惊动警察了。否则，就会变成一桩丑闻了。"

那个做丈夫的禁不住她好劝歹说，终于回心转意，答应就此了结。塞杰尔灰溜溜地踅回家来，终宵辗转反侧、难以入寐。他想不出来从今以后无论在楼梯上，或者在街上，同这位邻居打照面时，究竟应该如何举动。不过，他对总算逃过了被传讯到警察局去这一关，毕竟还是感激涕零的。

一个多月以后的有天清早，银行刚刚开门，托斯卡·默尔克夫人就匆匆走进银行里来要跟塞杰尔单独晤谈一下。那时候，银行行长正在外出度假，由塞杰尔代理行长职务。她要求把好几份有本市老市长签名的文件借回家去用用，因为那些文件涉及默尔克夫人的某个亲戚的一笔庄园地产。姑且不论这种做法是否妥当，塞杰尔还是让她把这些文件借回家去了。

当天下午，她就把这些文件原璧奉还了。又过了一天，快到银行打烊的时分，她又出现在银行里。她从身边掏出一张支票要来兑现，那是一张五位数字的巨额支票，上面有着老市长的亲笔签名。

"为什么老市长要开支票给你这笔钱呢？"塞杰尔惶惑

不解地问道，虽说这件事情本身同他没有什么关系。

她装出一副诡黠莫测的样子，忸怩了老半天，才吞吞吐吐讲出了她自己起誓赌咒咬定的、毫不掺假的、赤裸裸的真情实况。

"市长是我真正的生身父亲。他时不时地塞一笔钱给我用。不过，他不乐意让别人听到半点风声。"

若是说这番话完全不可置信，倒也未见得。他很清楚本市所有德高望重的大人先生都有不可告人的隐情私衷。但是，塞杰尔毕竟还是起了疑心，他沉吟起来。

"市长本人出门旅行去温泉浴场了。像这样的巨额支票，敝行总是惯常要先请人鉴定真伪之后再支付的。"

"这张支票是今天刚邮寄来的，我等着有急用。"

他翻来覆去验核了这张支票，挑不出什么毛病来，并且验明那个签名也确系真迹无误。

"为什么要那样匆忙呢？市长很快就要回来了。如果他不想让别人知道的话，等到那时再说，岂不行了吗？"

"我不得不到波兰去一趟，去做人工流产手术。都是怨你不好，害得我不得不去。"

塞杰尔如雷轰顶，神情大变。

"难道是真的吗？"他结结巴巴地问道。

"怎么不是？千真万确。就是你闯下的祸！要不，你自己掏腰包付这笔钱也行！"

他起初还软磨硬泡了一番：

"你是个有夫之妇，也许怀上的是他的孩子呢？"

"他患有阳痿症，有医生证明！"

"你不是还有别的男人吗？"塞杰尔乱了方寸，竭力为自己开脱。

"可是我有真凭实据证明就是你干下的好事！千万不要让我的丈夫知道半点动静！"

　　这一下，塞杰尔真的吓得发蒙了，可是他自己又掏不出这么大的一笔钱给她。

　　"我要你证明老市长的签名不折不扣确系他的亲笔手迹，一切手续都没有半点毛病。叫那个女出纳员马上把这张支票兑现，把款子交给我。"

　　他六神无主，只得乖乖地把支票交给主管出纳的那个恪尽职守但尚未结婚的老姑娘伊娜·纽小姐，并且告诉说一切手续完备，要她立刻把这笔钱兑现付讫。

　　事后，他自己也难以置信，怎么竟然可以轻举妄动，干出这番天大的荒唐事情。后来东窗事发，正当他不得不声嘶力竭地为自己的行为开脱辩解的时候，意外侥幸的是伊娜·纽小姐突然死于非命。她不能站出来作证讲话，这件事也就成了一桩死无对证的无头公案了。

五

塞杰尔一直指望在夏天前来度假的游客身上打主意。从推理上来说，他认定特罗萨市的居民世世代代、根深蒂固地沾染着撒谎骗人的恶癖。邻里之间要是猝不及防脱口说出了几句真话，那不啻是天大的奇祸了。然而，在陌生的外地人中间，却比较容易搜罗到信奉他的教义的第一批信徒。等到秋天他们结束度假返回各自家乡的时候，他们将会卓有成效地广泛传播他的学说。

时令已交暮夏，特罗萨已经改换装束。日本樱花匆促地凋谢了。继之而来的是紫丁香花和椴树花繁茂如缀地争妍斗艳。庭院里的大黄长得茁壮高大、浆饱汁满，迫切要掐顶剪叶，以用来下锅煎炒。要是从那些低矮的窗户朝屋里张望，可以窥见房间收拾得窗明几净、井然有致：摆在毛茸茸的地毯上的摇椅正在鹄候着主人回来；华丽雍贵的桃花心木的圆桌，大而无当，足以摊得下整整一本照相册的照片，桌面上铺着镂空抽纱的桌布；面向大街的门槛都用手擦洗得锃光发亮。每家每户都把自己的门口打扫得一尘不染。

本城养老院的一隅之地景色尤为宜人。这里有一片青翠碧绿、惹人喜爱的草坪，四周有一排米黄色的平房环绕，供过往旅客住宿。四四方方的庭院里，各色各样的古树葱郁参天。每到夏天，这里住满了客人，大多是上年纪的，到这里清闲恬静地休养一番。屋外窗户下面，一条清澈的小河淙淙流过，似乎把人世间的一切尘嚣邪恶通通冲刷掉了。这里一切都令人分外心旷神怡，足以让那些神经脆弱的人忘却喧哗嚣闹和疲于奔命的大都市生活。

住宿在养老院里的游客们，不时三五成群来到市中心广场闲逛。他们都是养老者，不想来买什么东西，既不买蔬菜瓜果，也不买纪念品。他们只是来看热闹，巴望能见到一些平生闻所未闻、见所未见的稀罕事情，以便更加轻松愉快地颐养天年。

在这些人当中有一位前任上校冯·斯普莱勃登其人。此公素以伟大的标新立异者的身份名扬四方。他是一位宝刀不老的赳赳武夫，一生以"荣誉、职责、意志"作为自己举止言行的座右铭。不过真刀真枪、弹如雨下的战争，他可是从来没有亲躬过。同时，有人还说：倘使他真亲自率领一支劲旅行军穿越生长着白杨树的作战地区的话，他肯定会临阵脱逃、弃军而走的。

他对白杨树患有过敏症，一沾身就会浑身长出红斑湿疹，得花粉热发高烧，眼睛红肿得合成一道缝，几乎像瞎了一样，诸如此类的病症会一起发作。在特罗萨一株白杨树都不长，因此这位老战士选中了这个地方来休养。

这位老上校似乎是唯一的心甘情愿把塞杰尔所讲的一切都囫囵吞枣信以为真的听者。每次走过，他都立停了脚步，全神贯注地谛听着塞杰尔振聋发聩的说教。有时候，他还走上前去，攀谈议论一番。

"如今世道，人心叵测。大家不再讲究互相信任和一诺千金了。"

不久以后，这位老人同塞杰尔灵犀相通，有了往来。一天，他到塞杰尔府上登门求教。他们两人一见如故，十分投契，便高谈阔论起彼此恪守信义的问题来。老上校讲到了瑞俄大战中的一位瑞典将军，这是足资垂训的真人真事。

"我心目中只有一位堂堂正正、顶天立地的英雄，"他说，"那就是桑德斯将军。此公言出如山，哪怕在炮火横飞的战场上，他照样信守诺言。这真不愧是言必信的典范！"

"是怎么一回事？"塞杰尔问道，他对那位将军似乎只有影影绰绰的印象。

"事情是这样的：我们和俄国佬商定，双方自当天十二点整开火交战。但是，俄国佬的钟要比芬兰人的拨早了一个小时，他们至今还是如此。俄国人照着自己的钟点，十二点一到便乒乒乓乓大举进攻了。这时候，桑德斯将军本人却安之若素地端坐在帐篷里吃午饭。瑞典芬兰这方面恪守自己的诺言，非要等到自己的钟走到十二点整才开始还手。这样一来，俄国佬就占先了足足一个钟头。然而，瑞典人对信义的忠贞不贰、对荣誉的高度热爱、对许诺的信守不渝精神使我们焕发出了巨大的力量，结果我们把俄国佬狠狠揍了一顿。"

可是，在这段时间里坚守在维尔塔桥前沿阵地上的兵士究竟有多少就此殒命，倒在血泊之中，却谁也不管，好像那是他们活该倒霉晦气一样。

塞杰尔从这番谈话中得到的启迪匪浅。他又翻开了真话战胜假话的一个新篇章，这是他以前还没有想到过的。讲真话居然可以在兵不厌诈的战争中克敌制胜，那简直可以同卢梭①的巨著《社会契约论》相提并论了，因为那本书他浏览过，还略知一二。

"真是了不起！听起来真像是静如处子、动如猛虎的阻击战！真叫人难以相信！这位将军的神经居然能够顶得下来。"

斯普莱勃登做出一副对这件事情不必大惊小怪的不在乎神情。

"他真是说话算话，一本正经地端坐在那里吃他的饭。他就是这么一个人嘛。"

上校还绘形绘色地描述了那位桑德斯将军的内心活动，仿佛将军本人方才还同他一起在养老院里闲坐聊天一样。

"这真是了不起的典范。"塞杰尔再次感慨叹息。

然而斯普莱勃登也好，塞杰尔也好，都睁眼不见这一事实：也许桑德斯将军仅仅是个饕餮贪嘴的大饭桶呢？

"谁真理在握，谁就必定稳操胜券，"老上校说道，"所以他永远是无所畏惧的。"

这位能征惯战的沙场宿将居然还十分内秀，心灵里有着崇高的情操。他列举出来的这个光辉典范产生出了巨大的威力，使得塞杰尔更加忘乎所以了。他过去从未敢奢望去探索一下那些真正事关大局而又艰巨棘手的讲真话问题，譬如说在战争中可不可以施展谋略诡计等，而是只敢去触动一下老百姓在日常生活琐事上的司空见惯的说假话。

战场上的狡诈韬略、诡计多端，他以前从不敢贸然问津。政客们惯常使用的职业性鬼蜮伎俩，他过去亦不敢去评论。甚而至于在演员扮演角色的时候必须口吐狂言佯语，

---

① 卢梭（1712—1778），法国 18 世纪启蒙思想家、哲学家、教育家、文学家，著有《社会契约论》《忏悔录》等。

他都不敢表示一下异议。但是有了这位惺惺惜惺惺的老军官在身边壮胆助威，他陡然变得气壮如牛了。

"任何撒谎行为都不能说成是正当有理的，"冯·斯普莱勃登慷慨激昂地说，"那种所谓迫不得已而撒了点谎是根本无法自圆其说的遁词。"

"那么，为了饶恕别人而撒点谎行吗？"塞杰尔问道，"牧师在接受忏悔的时候，可不可以这样做呢？还有对奄奄一息、命在旦夕的病人，别人出于怜恤而不告诉他真情实况呢？"

"那也是以直说点穿为好。人嘛，首先要有能知道自己已经病重垂危、即将要死的权利。"

"要真是病到那种地步，也不消再问了。"塞杰尔听了这番话，怅然动心地解嘲说。

"不过别人还是有责任要讲给他听，可以让病人明白真相。他应该得到个明确的答复才能死而瞑目。"

这位老军人一本正经，果然不愧是一丝不苟的长者。塞杰尔联想到自己在塞德特利耶同默尔克夫人鬼混厮磨的荒唐时光不禁悚然而栗了。

"唉，有的人已经自甘堕落、无药可救，连真假好坏都分辨不出来。"他喃喃自言自语。

"现在我必须回到我的养老院，同那批老太婆一起吃晚饭了，"上校说着站起来拿了自己的手杖，"上了年纪真是叫人哭笑不得、无可奈何啊。按理说，堂堂男子汉大丈夫本应当马革裹尸、舍躯疆场的。"

前任市长刚刚从温泉浴场一回来，行装甫卸就跑到银行里来查看自己户头下的账目。他发现自己名下有一笔巨款莫名其妙地付给了某个叫托拉·默尔克的女人。他同这个骚货素昧平生，只是耳朵里曾听人提到过她的芳名而已。他立即报了案。银行见势不妙，深恐受到牵连要赔偿损失，就雷厉风行追查这个提款女人的来历。

默尔克夫人矢口否认她曾伪造过任何人的签名，甚至一口咬定她压根儿没有拿到过什么款子。于是，银行只好将这桩案子呈报给警署去侦破调查。默尔克夫人被传去审问。

她照样矢口否认，那双水灵灵的俏眼睛朝着警察甩过去一个勾魂摄魄的媚眼，眼光是如此天真无邪、令人信赖，以至于那班警察老爷一个个神醉心迷，浑身酥麻。

"这宗伪造文书证件案是怎么开头的呢？您难道没有在付给您的支票上签了那个名字吗？"

"那真是百分之百、道道地地的发神经。市长先生凭什么要开支票送钱给我花？"

"这一层案情还有待我们调查清楚。您究竟拿了这笔钱没有？"

"根本没有！"

"那么依您看来是谁拿了这笔钱呢？"

"那只有银行里的人才晓得。我根本连那张支票都没有见过。"

就这样，塞杰尔被卷了进来。经过侦察证明：这桩支票案件发生的时候，正式的行长外出度假，是由他暂时署理行长职务。

"我没有伪造过任何签名，也没有弄到过这笔成了悬案的款子，"他木然呆板地说道，"虽说当时下指示同意兑现付款给持支票者的是我。"

"支票的抬头是开给谁的？"

"开给托拉·默尔克夫人的。"

"你有证人证明是她拿了这张支票出示给银行，把款子领走的吗？"

"出纳员验看过支票，她本来是可以作证的。"

"出纳员现在在哪里？"

"伊娜·纽小姐……她已经死了。"

"就是那个我们还找不出头绪、结不了案的老小姐。"有个助理警察告诉别人说。于是，他们都记起来这个女人是谁：

"哦，原来就是那个在家里惨遭枪杀的女人。"

"你几乎肯定可以判断出来这张支票是伪造的，那你为什么还要让它兑现？"

"我掉以轻心了。"

"难道一个身负重任的银行职员已经疑心到了伪造作弊，还会掉以轻心吗？"

"我根本没有产生疑心。再说银行职员也是人，也会上当受骗的。"

塞杰尔踟蹰了半晌，左右思忖，结果还是直言不讳地说出了真情：托斯卡·默尔克夫人自称是市长的私生女儿，因此常常从市长那里得到钱，虽然根据她亲口说早先都是私下给她而不通过银行的。

警察局起初也信疑参半、犹豫不决。他们派人去调查了塞杰尔的经济状况，发现他的处境起码可以说是糟糕透顶，要等到那笔遗产到手了之后，他才会有点起色。他急需钱用，甚至可以玩弄花招，自己把那笔钱取走，然后指控别人冒领了这笔钱。他有种种方便机会，可以不费吹灰之力弄到市长先生的亲笔签名，而那个脱不掉嫌疑的托斯卡·默尔克夫人却几乎不可能得到。况且他是个银行职员，干起这种事情来驾轻就熟，要远远比那个女流之辈内行得多。

塞杰尔避而不提他曾经把几份文件借出去的那桩事，省得又添上玩忽职守的新罪名。至于那次以去打胎为动机的旅行，他更是守口如瓶了。

警察局叫他们两人来核对笔迹。结果是：这张支票上的签名可以确凿宣布为伪造的，然而究竟是这两个犯罪嫌疑人中哪个人的笔迹，却一时无法断定，在字尾的几笔花体乍看起来有点神似塞杰尔的。于是，这桩公案提交给检察官。检察官决定对这两个犯罪嫌疑人提出公诉。

塞杰尔同托斯卡·默尔克夫人在大街上劈面相遇，两人说起话来。

"你倒好，胡诌瞎编一通，想叫我去吃官司。可是，你休想得逞。要去尝尝那铁窗滋味的倒是你自己。"她若无其事地说道，似乎这是见面时天经地义的客套应酬一般。

塞杰尔哼哼哈哈，力求叉开支票问题不谈。那桩案子要说起来未免说来话长，三言两语讲不清楚。而且，他盲目信任警察局终究会把案情调查个水落石出，证明是她使用了欺诈手段把那笔款子骗到手的。他倒是想乘此机会问问她一桩密不可泄的事情。

"你到波兰去打胎了吗？"他疑窦丛生地问道，一面惊讶出神地打量着他梦里都想要拥抱的那个腰肢。她的柳腰跟往常一样纤细袅娜。

她闪烁其词地回答说：

"我已经让一个塞德特利耶医生把它打掉了。那笔钱数目很有限，你就不必掏钱啦。"

"你倒是真慷慨大方，"他说道，想要挣扎着强装出一丝笑容，然而却偏偏按捺不住受到损害的父性感情，"那么，至少这桩事情是就此了结喽。"

"不过我总是可以去报案，指控你擅自闯入他人住宅，蓄意强奸妇女。我有我的女友和丈夫可以作证。"

塞杰尔脸色一下变得刷白，他真想走到远处僻静无人的地方去。

"我究竟干下了哪桩对不住你的事情，以至于你要这样瞎说八道，苦苦陷害我呢？"他追问道，尽管他明知不会得到什么回答，而且他委实也没有得到回答。

市长先生一见到自己成了这桩闹得满城风雨的公案中众目睽睽的角色，不禁怵怵心悸起来。他赶忙站出来宣布说：他自己确实曾经签署过这张支票，也就是说这张支票是货真价实的。他假装说他开支票的时候心不在焉，所以事后竟然忘记了。

市长自认晦气，忍痛牺牲了这笔钱。银行丝毫未受损失，也就偃旗息鼓，不再追究了。然而，老市长究竟为什么心甘情愿白白将偌大一笔钱财奉送给一个素不相识的女人？内中有什么隐情苦衷？他哭笑不得，只好断然拒绝表明。

警察局请求市长先生亲自来核对笔迹。老市长的手颤抖得如此厉害，以至于核对笔迹的专家都几乎要认为他的这次签名也像是假的。尽管专家们仍然坚持说支票上的那个签名肯定是伪造的，不过老市长亲自出马来担保这张支票没有弊端，大家也就无话可说了。

从预审调查一开始，塞杰尔就已经被解除了职务。在这段时间中，他正好得到了那笔遗产，总算使他能暂时不必仰承他人的鼻息来争得温饱。银行也给了他一笔小小的年金，来酬答他多年来为银行所作的瑕不掩瑜的服务。警察署经过这番调查之后，将原案撤销了。

也就是在这段时间里，康拉德·塞杰尔这个人无恶不作、伪造文书、诈骗窃取钱财、潜入他人住宅、蓄谋强奸等消息不胫而走，大家莫不谈虎色变。而托斯卡·默尔克夫人的生身之父竟然是市长先生，可惜市长老朽得失掉记性，连做了什么事情都过后即忘，这类趣闻逸事也成了街头巷尾竞相奔告的佳话美谈。

这件事情发生之后，甚至塞杰尔走在大街上的时候，街上铺的石板也像烤炉里滚烫火热的铁板一样在灼燎着他。他陷入了一场难以自拔的人生危机之中。当他痛定思痛，想要振作起来有所作为的时候，他下决心要创办一个教诲大家都讲真话的学校。他可以在那所学校里无私忘我地为了全人类的利益而面对着撒谎这条毒龙发起猛攻。

他总算在广场上摆出了他的踏脚凳，开始尽他启蒙教育的职责。那张小凳的高度严格按照当局许可书所规定，并没有超过二十厘米。他内心里惶惶不可终日的是唯恐有朝一日那个托斯卡·默尔克夫人会突如其来出现在他的面前，用她吐出来的一根根新的谎言之丝，把他缠绕起来，捆缚到谎言的蚕茧之中去。

七

　　特罗萨这个安静宁谧的小城里的居民们所忧心忡忡的，并且也是尼雪平市警察局局长一直放心不下的厄事却始终没有发生。也就是说，他们本来以为塞杰尔和他设在广场上的那个Speaker's Corner将会蛊惑人心、聚众滋事和惹起骚乱。恰恰相反，他的四周冷冷清清，连人影都不见了，倒是他需要求援于警察用武力帮他强拽硬拉一些听客来。他不得不站在那里面对着阒无一人的空气咤风叱云、咆哮叫嚷。公众似乎对他本人和他要宣扬的那套道理都是敬鬼神而远之。人类生来就是懒惰成性、放纵声色的。而且人人都有自知之明，皆以为：既然世上人人都在尔虞我诈，所以自己做人的金科玉律亦应该是躲在一个逢人只说三分真话的硬壳之中。那个派来担任监视警戒的警察站在那里实在闲得发慌，只好闭目养神。这个警察是第四号，名叫格伦纳特。他是一个深受敬重、声誉斐然的办案老手，大凡有疑难的重大案件都是派他出马的，所以这回也派他来站岗。到了后来，这个岗哨终于不得不撤掉了，只有到了赶集的日子才派出来站一会儿。

　　对于塞杰尔来说，这也是一桩天大的、始料所不及的事情。他原先以为自己的路子选得很对。但是，过了一个星期之后，他却像是一尊雕像，水乳交融地点缀全城景色。

结果要是他没有站在那里的话，反而倒大煞风景，弄得人人牵肠挂肚。最糟糕的是他落到了被看成是异想天开者的地步。所谓异想天开，无非是说那个人痴头怪脑而已。

有一天，淅淅沥沥地下起雨来了。塞杰尔在淫雨中撑着把伞照常不误地站在小凳上讲演他的那一套。这种形象真是令人作呕。于是，他被大家认定是个患有神经错乱症的狂人。不过，还不是那种有多大危险性的那一类，尚且不消在精神病院里留给他一席之地，所以也没有什么人认真看待他。

与此同时，塞杰尔本人也渐渐沉不住气，他觉得自己也非要说点假话来招徕听众，吸引大家的兴趣不可。于是，他便从特罗萨的野史稗志中摘选出不少丑事秽闻来宣讲。这类掌故他明明知道得很不确切，然而他煞有介事地说得活灵活现，一口咬定这些都是真人真事。

特罗萨城居民热爱本乡本土的情绪真是到了家。他们哪怕耳朵里听到一句半点别人说自己城市的好话，便会马上一传十、十传百地传诵一时。他们会众口一致地说那些褒扬绝不是溢美过奖之词，而是活生生的事实，并且还把那些本来不值一提的鸡毛蒜皮随心所欲地添枝加叶，结果弄得那些陈谷子、烂芝麻都摇身一变，成了令人瞠目结舌、深堪歌功颂德的光辉成就了。

"在非洲，一头死了的大象躯体上很容易有上千只兀鹰围聚上来，"塞杰尔在自己的讲坛上侃侃而谈，"然而，要想在整整一座城市里找出十个渴望寻求真理、愿意倾听真话的正人君子，那真是难上加难了。《圣经》上说道：'只要蛾摩拉城里找得出十个正直的义人的话，这座城池就可以幸免于天谴神罚。'可惜，偌大的城里竟然连区区的十个人都凑不出来。"①

这一席话居然把特罗萨影射为罪恶之城蛾摩拉，那真是分毫休想打动城里居民们的心坎儿。试问：最起码的是，哪个人愿意像蛾摩拉人一样被上帝一下子从地上毁灭掉呢？然而，这个比喻却又是十分熨帖，以至于立即把城里居民得罪了。塞杰尔也给周围的敌意惹得肝火炽旺，肆无忌惮地发泄起来：

"我最近读到一本书，是18世纪20年代有位名叫雅可布·比尔契路德的主教写的。他在书里描述了在瑞典各地游历所耳闻目睹的种种风土人情。在提到特罗萨和附近一带地方时，这位主教无意之中泄露出了本城的真实情况。他提到，特罗萨是一个小县城，城里居民十之八九都染上了'法国人的病'。'法国人的病'是当时给梅毒病起的雅号。子女都患有从父母身上遗传下来的先天性梅毒。对了，一个孩子所能到手的唯一遗产就是梅毒。他们的鼻子很快就烂光了。他们过早地夭折，被送进了荒冢。所以，人家把烂鼻子谑称为'特罗萨的鼻子'哩！到了后来，当局不得不明令禁止本城的居民同外地人通婚嫁娶。"

特罗萨的衮衮诸公听到这番议论理所当然气得火冒三丈、七窍生烟了。除了斯普莱勃登上校，塞杰尔还别具慧眼，觉得全城还有一位独无仅有的富有远见卓识的人物。那个人就是浪荡鬼法朗士，人称是本市最奸刁促狭的牛皮大王。

---

① 《圣经》创世纪第十八章第二十、二十一节：蛾摩拉城罪恶甚重，声闻于上帝。上帝震怒，遂派人打听，倘若蛾摩拉城中有十个义人，便可开恩不毁灭此城。但是城里只找出罗德一人。上帝便将硫黄与火降于蛾摩拉。

自从塞杰尔在广场上亮相出场以来，牛皮大王法朗士就在他的身边转来转去，决意要同他决一雌雄、比个高低。说也奇怪，他们两人在有些方面竟然互有启发，彼此鞭策。后来，塞杰尔发现：如果他同牛皮大王法朗士携手搭档，那将会是珠联璧合，相得益彰。

法朗士大部分时间是消磨在特罗萨的繁华闹市的大街上。他整日闲逛游荡，等候着外国船员，向他们伸手讨点白兰地喝。据他自己说来，造物主把他的身体造得跟平常的凡夫俗子不一样，除了五脏六腑还多赐给了他一根专门消化烧酒的肠子。那瓶状的硬块在右腰际隔着衣服就可以摸到。可是，当他生来难得有一次当众洗澡时，大家看到那里只长着一个小小的肉疙瘩而已。

法朗士的拿手好戏是把本城的丑闻秽行打听得一清二楚。他苦口婆心奉劝塞杰尔不要泛泛而谈、空发议论，应该从理论转向当地的街谈巷议和是非闲话的实际上来，这样才能够有的放矢、切中时弊。而这些飞短流长恰恰是特罗萨居民所喜闻乐听的。他絮絮叨叨地朝塞杰尔耳朵里灌进去不少东西，循循善诱地开导他哪些事情是必定要指出来不可的。

"把那个五金店老板揪出来当个典型嘛。"当偶尔有个把听众在塞杰尔的小凳旁边停下脚步的时候，法朗士会这样提醒说。

塞杰尔果然抛开了空洞的理论，进入有血有肉的现实生活中去。他把法朗士悄悄对他说的那些东西大声疾呼地讲了出来。他注意到那真是立竿见影，顿奏奇效。

"如果西朗格大街的五金店老板扎克里逊敢于站出来公开承认：他就是那个卖零头布的斯托姆小姐生的那个孩子

165

的生身之父，那岂不更好一点吗？其实，即使他不说真话，大家也都猜准了那个私生子就是他的。他反正有的是钱，可以出得起那笔赡养费。再说，他的老婆也不会不原谅他的，因为她不愿意丢掉老板娘的地位。如其不然的话，自觉有罪的内疚心情将会使五金店老板含恨终身。"

那些过往的人竖起耳朵聆听着，只字不漏地牢记在心里。牛皮大王法朗士却闷声不响地站在一边。过了半晌，他又悄悄地同塞杰尔咬耳朵，告诉他一下应该将哪些消息诉之于众。

"大家都知道，西朗格大街五金店老板扎克里逊每年在申报税单的时候都要玩弄手脚，舞弊一番。搞偷税漏税勾当的人就是偷窃公众财产的人。因此，对于本城的居民说来，这个老板就是个贼。其实，五金店老板根本不消再去干这类鸡鸣狗盗的勾当了。我站在我的小凳上向诸位保证：我所揭发的字字句句都是毫不掺假的真话。要知道，这个人瞒天过海编假税单的勾当已经干了有许多年头了。"这句话说露了马脚。于是大家追根溯源，一下子想到大概是法朗士咬耳朵唆使的。因为塞杰尔是新近搬来的，根本不可能知道这一底细。但是法朗士坦然自若地辩白说：

"这不是我说的。塞杰尔嘴里说出来的事情，只能由他本人负责。"

本市有两个牧师，其中之一这时候正好安步当车走过广场。他是个新式牧师，常常出席观看足球赛，说是为了促进青年同教会之间的联系。他同唱诗班的孩子们都是平等相待，见面都是用"喂，老兄"来打招呼的。甚而至于他有一次听取一个姑娘忏悔的时候，忘乎所以脱口而出：

"现在球踢到你的球门里去了。"

"您同坏人结成了伙伴。"牧师告诫塞杰尔说道。

"我在敦促大家讲真话，难道有什么不对之处吗？"

"我的好人，须知只有圣洁无罪的人方可成为丢出第一块石头的人。"牧师首先想到的是《圣经》里的语言。

"您是牧师，谅必您是第一个明白这一层道理的人。"塞杰尔挖苦说道。

牧师改换另一副腔调，露出了他年轻活泼的本来面目：

"得了，做人留神提防点好，免得弄出 Off Side（英语：越位犯规）。"

警察当局立即得到五金店老板送来的一封控告信。以诽谤诋毁他人名誉的罪名对塞杰尔提出起诉的风险，已经迫在眉睫了，然而塞杰尔却依然我行我素，不知收敛。

八

　　光阴荏苒，转瞬已到了天气炎热的时候，特罗萨的真正旅游季节开始了。一辆接着一辆汽车满载着游人络绎不绝地蜂拥而来。那些游客都到雷芙岬角或者特罗萨海滨浴场去玩，不过他们也到市中心来买买东西，不仅是为了琳琅满目的纪念品，而且也是为了去看看那位勉强支撑到这时候的塞杰尔。因为如今，各大报纸都开始左一则右一则发消息报道说特罗萨城里有个疯子，整天站在广场中心的一张小矮凳上絮叨说教，要喻诫世人讲真话。斯德哥尔摩的，还有更遥远的地方来的旅游者们到底找到了他们称心满意的游览胜地，那地方既要有田园牧歌式的诗情画意，又要有一个像样的市立大旅社，并且起码要有一个可以大开眼界的猎奇之处。然而好景不长，塞杰尔最提心吊胆的事情，终于发生了。

　　托斯卡·默尔克夫人从《塞德特利耶报》上读到了报道塞杰尔发表演说的时间和内容的消息。她包租了一辆雷神汽车公司的大客车，率领着一大帮至亲好友迤逦而来。这个旅游团名义上是要到雷芙岬角去洗海水浴的。可是这辆挤满了乘客的大客车却径直驶到塞杰尔站的广场上停住了车。默尔克夫人一马当先跳下车来，其余人紧跟在后面浩浩荡荡走过来。这一帮少说有三十多人，而且清一色是

168

女的。那天正好是集市，广场上仕女如云、游人如织。

这时候，塞杰尔正在对讲真话的必要性作滔滔不绝的长篇大论。一群从养老院里来的、头上戴着白得不能再白的晒阳花边褶帽的寡妇孤嬬站在那里倾听着，冯·斯普莱勃登在她们身边踩着碎步走来走去。塞杰尔一眼瞥见大客车上下来的人，不由得倒抽了一口冷气。但是他定了定神，强自振作继续往下说：

"如果我没有看错的话，从塞德特利耶远道而来的客人光临敝城，来拜访我们了。"

他缓和了一下讲演的激昂口气，以便适合于新来的听众："塞德特利耶是一个谎言弥天的城市，我曾在那里住过，所以我知道得很清楚。按理说，我本应该从那里着手教人讲真话的，但是我预计到特罗萨的居民更容易接受我的宣讲，他们也有更多的时间来听，所以我先在这里开头了。不过如今我们的邻居既然前来移樽就教，这是特罗萨的光荣。穆罕默德没有走向大山，反而倒是大山朝着穆罕默德移了过来，真不敢当呵。我欢迎他们。倘若他们有胆识的话，他们可以站出来现身说法，证明一下他们的那个城市确实是什么样子的。"

话音未落，默尔克夫人排开人群，挤到前面，手脚灵敏得赛过一只黄鼠狼。她一把将塞杰尔推了下来，自己纵身窜上那张小踏脚凳。

"这一派胡言乱语早叫我听腻了，"她呖呖莺声抢嘴过来，"他是个无恶不作的说谎者和骗子。他是个衣冠禽兽。他死皮赖脸，一味纠缠着你们不放。他居然厚着脸皮想当教导别人讲真话的大师来了，亏你们还把他奉为先知哩……嗯……对不起，方才我呛住了嗓子眼……你们面前见到的这个家伙是个恶棍、流氓。他没有脸再在那个城里待下去，因为他在那里把什么坏事都做尽了。而这样的一个坏家伙居然想要为人师表！他不是自己张牙舞爪要我们塞德特利耶人站出来作证吗？那好，我就自告奋勇来现身说法一番，让大家听听他究竟是哪路货色，他曾经干下了什么勾当。"

　　站在那一群戴着白色晒阳花帽的寡妇群中的老上校冯·斯普莱勃登、旅游者们、摊贩们、在广场上闲逛的居民们、托斯卡·默尔克夫人自己的一伙通通昂起了头瞪大眼睛盯着她，一个个像鲫鱼似的嘴巴张得滴溜圆。默尔克夫人站在那里娇声娇气、芳姿绰约，活像一头翎毛斑斓的母锦鸡。她那双棕色美丽的眼睛顾盼生姿，眼波流连。两片甜津津的朱唇惹得男人直想去亲吻一下。她脚上穿着精致入时的浅色高筒皮靴。不消说，她是整个广场上最令人倾倒的可人儿。

　　"他的确曾在塞德特利耶住过。可是，只要他住在那里，那些在特罗萨显而易见是欺诈伪造的东西，到了我们那里就会摇身一变成了有形有迹的真事了。就是这个人，他曾经在银行里担任职务，但是却因为犯有伪造支票、贪污舞弊行为而被银行解雇开除。这桩案子甚至把本市的老市长也牵连进去了。塞杰尔无中生有地指控我伪造了一张支票，兑取走了一笔巨款。老市长真是个忠厚长者，他出于好心不愿意把事情闹到法院里去。后来，塞杰尔又反咬一口，凭空编造说什么我本来就是市长先生的私生女儿，所以市长才舍得塞钱给我花。我可不是什么市长的私生女儿。要是当真那样的话，我母亲岂不是成了烂婊子了吗？况且我根本没有像他捕风捉影说的那样从市长那里拿到过什么金钱。至于说，断定究竟是谁伪造了那张支票，那就不关我的事了。不管怎样，他反正脱不了嫌疑干系，在银行里干不下去了。我可以叫我旅行团中所有的人站出来作证，这桩案子的始末经过就是这样的。再说，他在那里干下的罪恶勾当真是罄竹难书，这桩案子还只是最微不足道的哩！"

她吸进了一口新鲜空气，娇嗔之态愈见于形色，高耸的酥胸显得分外隆起。

"现在已有确凿证据，他四处散播各色各样的流言蜚语来玷辱我和别的一些人的名誉。他到处去乱说他自称为是具有功利价值的谎话，为的是损人利己，捞到好处。他也胡诌瞎编一些幸灾乐祸的谎言，搅得鸡犬不宁，正派的人不得安生，甚至逼得他们快要走上自寻短见的绝路。我自己是怎样遭受他的欺凌作践，不妨简短地奉告诸位。要知道，有的事情只消稍微添油加醋，就可以叫人没脸见人，更何况这些事情本身就够恶心的。我们原先是紧邻的邻居。有一天晚上，我一个人在家，等着我的丈夫回来。没料到他早已偷偷溜进来，躲在我们家的大衣柜里。而且，还是光着身子，只披了一件寝袍。他想要对我起什么坏心眼，你们大家一猜便知。我正要上床睡觉，身上脱得什么也没有。幸亏有个女友碰巧来看我，一眼看见了他。这位女友本人今天也在这里。后来，我的丈夫把他撵了出去，不过为了怜悯、顾全他，才网开一面，没有叫他去吃官司。我以前总不愿意提到这件事情，如今干脆一股脑儿都直说了吧。他曾经无端捏造说我怀上了野孩子，所以要到波兰去旅行，偷偷地打胎。要知道我是那么喜欢小宝宝，可惜老天爷不见垂怜，一直还没有恩赐给我一个。他还血口喷人到处嚼舌说什么我是他的情妇，因为我丈夫是个阳痿患者。真是岂有此理，我丈夫是全世界最雄壮强健的伟男子。塞杰尔这个家伙没有一件事情上不造我的谣，总不肯让我安安生生过日子，不是在这件事上就是在那件事上胡诌捏造一通。我的一生都受他的残害欺侮。我只好终日以泪洗面，流不完的眼泪呵。到了后来，他又鬼鬼祟祟拔腿溜到这里来使坏了。"

　　人头济济的听众像是一块干海绵一样马上把这些话涓滴不漏地吸收进去。塞杰尔根本休想找到分毫间隙，插句话进去为自己分辩一下。再说，在蜂拥的人群中，女性公民占了绝大多数，她们都理所当然地对一个备受欺凌糟蹋的女人的自白深信不疑，因为在她们的眼里，天下男子都是色中饿鬼。

　　"他溜进来的时候，你当真身上已经脱得光溜溜吗？"她的一个女友提问道。

　　"连条三角裤都没有穿。"她貌似无心地脱口而出，仿佛她确实毫不弄虚作假地在讲述当时的真情。其实，她明明心里有数"女人的三角裤"这个词眼乃是特罗萨市民的莫大忌讳，因为"特罗萨"正好是"女人的三角裤"的谐音。

　　有些听众给这一偶合而又妥帖的俏皮话逗得哧哧笑起来。可是这一妙趣横生的双关语却叫特罗萨市的居民受不住了，他们的脸色阴沉下来了。他们觉得塞杰尔给他们全城带来了奇耻大辱，使他们受人奚落讪笑。

　　"不过，根据报纸上的报道，他倒讲过唯一的一句老实话，"默尔克夫人婉转娇滴地喊了起来，"那就是在倾吐衷肠之后，会觉得好受得多。我现在就有这个感觉：把压抑在心头的苦楚诉诸世间之后，心里痛快多了。虽然这还只是开了头，还有许多事情尚待揭发，最后你们终将看清楚这个下流坯的真面目。"

塞杰尔连半句话都插不上。他看出来，即使他浑身是嘴，在场的人连半句都不会相信他的，至少在群情激昂、大家无不义愤填膺的此时此刻。

"哼，什么说真话的学校！"默尔克夫人尖声尖气叫嚷着，来结束自己的控诉，"说真话的学校？那应该是我！我的唇边舌尖上就传播着真理的信息。不过，我可不是从他那个学校里学出来的。他的正确的名字应该是：大撒谎家。你们要不要我再往下多讲点？"

"要呀，要呀！"那些女友一呼百应，鼓噪起来。

第四号警察格伦纳特疾步走上前来。他审时度势，预料到若是听之任之，便会越轨成为在公共场所聚众闹事。他必须立即返回警署去把眼前发生的这场乱子写成报告。不过在此以前，他必须先采取断然措施，将这场风潮平息下去再说。

"住嘴，不许再讲下去了！"他一面喝道，一面亮出了警棍。

"那么，我就到此结束吧。"默尔克夫人乖乖地奉守法令，暂时打住了她的谎言，"参加这次旅行的人，大家都来上车喽，我们到雷芙岬角洗海水浴吧。"

九

在此期间，检察当局收到了五金店老板的控告信。显而易见，塞杰尔将以诽谤他人的罪名被提起公诉。公诉之前，必须对他进行庭讯。

这根乍看起来似乎是细如游丝的线索却把警署引入了千绕百结的一大团乱麻里去了。他们还没有来得及对塞杰尔进行初审庭讯，一封匿名信赫然出现在警署的办公桌上。这封信是用笔迹工整的正楷写的，内容是说在塞杰尔曾任职过的那家银行的女出纳员惨遭谋杀的那件案子，倘若对塞杰尔严审鞫问，必将会水落石出云云。

于是，警察们如堕五里雾中，煞费脑筋地拼起七巧板来。只消拼排得法，这一块同那一块啮合得天衣无缝，整个案情便可以豁然开朗。那桩不了了之的支票案件又提出来重新进行调查。塞杰尔当时处境不佳，手头十分拮据。负责验对笔迹的专家又核对出签名的花体有一两个同塞杰尔的笔体相似。警署对这桩案子的结案一直存有疑窦。须知：当时唯一在场，亲眼看到是哪个人兑走市长名下的存款的证人正是出纳员伊娜·纽。而结果掉伊娜·纽的性命，唯一能够捞到好处的人也正是塞杰尔。因而，把七巧板中的这几块拼在一起是顺理成章、毫不牵强附会的。

他们把七巧板再拼凑了一下，发现塞杰尔犯罪的嫌疑是如此重大，以致检察长认为将他立即拘禁羁押至关必要。他们援引了刑事诉讼法第二十八章第一款，对塞杰尔的住所进行了搜抄。大大出人意料的是，警察几乎不费吹灰之力就把他们过去踏破铁鞋无觅处的东西找到手了。

那个女出纳员是在她的公寓里遭人谋杀的。粗粗一看，找不出什么犯罪动机的线索。柜子和抽屉都没有被砸开，细软财物一件也不少。也没有找到原因，可以怀疑这是一场因奸害命的情杀案。法医进行尸体解剖后断定谋杀用的凶器是一种老式的大口径转轮手枪。这种火器的转轮里可以装六颗子弹，每发射一颗子弹，转轮便会自动旋转，不过也说不定要用手去拨一下。那颗已经变形的子弹也找到了，是在距离死者很近的地方开枪打的。

早在少年时代，塞杰尔曾经从一个同学手上买过一支这样的手枪。当时，他正是处在蠢蠢欲动的青春发育期，像所有的少年一样，也以手头上有一件武器作为炫耀，虽则倒并不当真要用来杀人行凶。武器是有了，子弹他却一直买不到，后来费了好大周折，总算从斯德哥尔摩的维德福熙公司买到了二十颗装的一整盒。这件武器他一直保存着，作为孩提时代的纪念品。偶尔兴之所至，他也会跑到大森林里去，把枞树当作靶子开上一枪。有一回，他像得了荨麻疹一样，被青春期的梦魇折腾得心痒难抓，竟然想象自己是个了不起的英雄，在终于建立了平生伟功奇勋的时刻，壮志已酬便举起手枪，对着自己的太阳穴按动了枪机！

在关于私人持有枪支武器的管理章程颁布以后，每个拥有武器的人都必须去申报认领执照。然而他却满不在乎，心想不值得为这支款式陈旧、几乎无甚危险的转轮手枪去多费一番口舌。

从预审一开始，塞杰尔就被审讯官员怀疑他犯有非法藏匿武器罪。经过核阅了武器持有者执照名单之后，这一罪名确认成立。那支手枪的转轮里现有子弹五颗，少了一颗。专家们检查了枪膛，里面残留有黑色炭粉，这证明新近还曾使用过。既然铁证如山，警察在下一段提审中便放胆施加压力，严鞫逼供。

"那颗子弹怎么打掉的，我已经忘记了。"塞杰尔誓天咒地地说。

"难道说你受审以来一回都没有想出来过？"

"真想不出来了。"

那他是在当面说假话，因为就在三月的一个晚上，几只发情的猫在院子里喵喵嗷叫，吵得他睡不着，他心里烦躁，一时性起，抄起那支手枪，开了一枪把猫吓跑了。

"你看到这颗子弹了吗？仔细瞧瞧！"

他们亮出了验尸时从伊娜·纽头颅里取出的那颗子弹给他看。人人都不难看出来：这颗子弹同他那支锈迹斑驳的老式手枪里剩下的那几颗子弹不仅口径相同，连形状也是一模一样的。

"休想用这套办法来骗供诱供。我和伊娜·纽共事多年，是很好的朋友。"塞杰尔喊屈叫冤地说道。

可是，有人站出来作证说，谋杀案发生的当晚他曾亲眼看到塞杰尔从女出纳员的家门口窜出来，慌慌张张、失魂落魄地消失在塞德特利耶街头人群之中。伊娜·纽的一个邻居在事隔这么许久之后，方才回想起来，那天晚上她亲耳听到女出纳员房间里传出过一声枪响。

警察当局对塞杰尔施加了压力，追逼他提出凶案发生时他不在犯罪现场的证据。可是，正如所有的清白无辜的人一样，他委实不曾记住谋杀案发生的那天晚上的假定作案的那一小时里他在什么地方、他在干些什么诸如此类的日常琐事。但是，他既然伪造了支票，必定就想除掉伊娜·纽，免得让她开口说话，犯罪的动机是不解自明的。

"理由够充分的了，"警署里的人都这么说，"除了他，凶手还能是谁？"

检察官提出要求将塞杰尔正式逮捕。可供定案的旁证已经彰明昭著，只消信手拈来，随便哪个细小枝节都可以证明检察官的起诉是确凿可靠的。

围绕着支票案件所发生的一桩桩、一件件扑朔迷离的事情，早已使得托斯卡·默尔克夫人身价百倍。她被大家看成是一位冰清玉洁、长着一对新近平增不少力量的肉翅的天使。她平白无故受到冤枉、欺凌，坏人还甚至闯进了她家门想去强奸她。至于说一位美貌女人招惹得男人们如蝇逐腥一般倾倒在她的石榴裙下，那岂可以错怪到她的头上去？况且，这是对她作为一个女人的崇高评价。就算她真的勾搭上了塞杰尔，当过他的情妇，又能说明什么？反正在公众心目中，女性必定要受到保护的。

市长先生的亲戚要求一位心理学家同这个老人好好谈一次话。事后，那位心理学家签署了一份医生证明书，宣布前任市长由于年迈体弱，丧失了管理自己财务的能力，并且建议从此以后他的锱铢钱财全都不能由他本人处理，而是由他的亲戚代管。伊娜·纽的亡灵总算幸免掉了一切烦恼，因为她早已长眠安息了。根据死者生前的遗愿，她那残骸被火化了。法院判决：五金店老板应得到名誉受到诋毁的赔偿，这笔赔偿金由塞杰尔负担，除此之外他还要支付全部法庭开销费用。

至于那桩谋杀案，尽管塞杰尔本人百般分辩，法庭终于以证据确凿依法宣判他犯有杀人罪。那张支票便是如山的铁证，它像洁白无瑕的纸片一样躺在暗处发出熠熠的光华，更何况支票上还斑斑驳驳浸满了女出纳员脑袋上流出来的鲜血。

"我起初可真没有想到要把这桩事情闹到这么凶的地步，"托斯卡·默尔克夫人悲天悯人地暗自思忖，"不过话得说回来，这里头受到威胁的是我，我只有使出全身解数洗刷清自己，没有别的退路可走。"

待到这桩案子审理就绪，已经是夏去秋至了。特罗萨城里那些平房家家户户都安起了双层玻璃，在玻璃的夹层中用泥炭糊得严严实实。窗棂上还挂起了棉絮编成的各色各样的小精灵，它们张大着好奇的眼睛趴在窗玻璃上窥望着大街上来去如梭的行人。

塞杰尔被递押到朗霍尔姆监狱去。起解押送是在一个凄风苦雨的晚上，法朗士远远伴随着他，目送囚车辚辚远去。警署和法院都得意扬扬，不可一世。一桩伪造支票案、一桩谋杀案都是神速破案，怎能不叫人踌躇满志！公众如今晚上出门亦放心安泰得多，因为一个横行不法的元凶已经束手就擒；使他们的安全得到莫大的保障。大家破天荒第一回毫不吝啬地用尽了溢美过誉之词来表扬警察，众口交加称赞他们勤勤恳恳的工作态度和洞察秋毫的英明睿智。

《塞德特利耶报》连篇累牍地报道了这件事的始末，并且刊登了伊娜·纽居住的那幢公寓门面的照片，她的房间的那个狭长窗口还特意用箭头标明。此外，还有那公寓里的楼梯、大门、塞杰尔本人、塞杰尔任职的那家银行和伊娜·纽年轻时代的照片等，不一而足。而《特罗萨广告报》却只勉为其难地刊登了一则短讯，文中连名字都没有提到几个，因为仍旧用了过去早已排好的现成铅版。

塞杰尔身陷缧绁，饱尝囹圄之苦。他原本以为如今已经关在铁窗之内，至少可以免受谎言假话的滋扰。却不料，他发现犯人们之间也是钩心斗角、尔虞我诈的。他们既让别的囚犯横遭折磨，自己也不见得日子好过。

于是塞杰尔费尽心机，想在牢墙之内的咫尺之地把他的讲真话学校继续办下去。但是，他却被监牢看守训斥了一番。

"不准搞那一套，"监牢看守斥骂道，"放明白点，要是胆敢煽动闹事就把你关禁闭室！"

因为他如今没有一个至爱亲朋活着了，只有牛皮大王法朗士还凑合算是他最亲近的知音。几个月之后，法朗士获得许可前来探监了，其实他们两个相识的日子也并不长久。

法朗士随身带来了鲜花，经过监方严格检查之后，献给了塞杰尔。法朗士还时不时给他寄来一些慰藉人心的明信片，上面印着广场、开阔的天地和那条小河等。

后来，有一个积恶累累的老惯犯招供出了那个女出纳员是他谋杀的，他直供不讳是因为争风吃醋而顿起杀机的。他在供词中讲到伊娜·纽一直到死仍然是个未破身的老处女，这个事实是同法医的验尸报告相吻合的。于是，一桩冤案总算得到了平反，塞杰尔获释，恢复了人身自由。但是对他遭受的磨难痛苦却不给予任何赔偿。

在塞德特利耶，托斯卡·默尔克夫人投身加入了瑞典皇家妇女军事辅助服务团。她穿上了军装自有一副巾帼英姿，朝着那班军官们秋波横扫，挺出自己的浑圆肥臀，时刻准备为了保卫祖国而献出自己浑身的一切。她极受信用，被委以重要职务可以接触到军事机密。

"我的闺名叫托拉。作为一个女人，我知道自己应尽的天职是什么。"

话不在多，光这几句就够分量了。且看：自古至今从拉格希尔德王后时代以来，普天下的权势显赫不是来自强弩利镞，便是来自女人的床笫功夫。而在这漫漫岁月中，农民们一直埋头在被碧血浸渍而成的膏腴土地上播种耕耘，行商坐贾、市廛小贩为了蝇头微利而忙碌奔波。

在这一桩盘根错节的纠纷中，默尔克夫人捞到了最大的一笔好处。除了她以外，还有一伙人也坐享了实惠，那就是富有发明创造能力的卖纪念品的摊贩们。他们纷纷向工厂订货定做了一大批高五厘米、四条腿细得逗人发噱的小踏脚凳，凳上镌刻着几个醒目的大字："特罗萨的讲真话小凳"。

康拉德·塞杰尔被一个以慈悲为怀的卖纪念品的商人所雇。如今，他仍旧整天站在特罗萨的广场上，不过是在大家讥讪的白眼下兜售那种滑稽可笑的纪念品来勉强挣个温饱。

"北欧文学译丛"已出版书目

（按出版顺序依次列出）

[挪威]《神秘》（克努特·汉姆生 著 石琴娥 译）

[丹麦]《慢性天真》（克劳斯·里夫比耶 著 王宇辰 于琦 译）

[瑞典]《屋顶上星光闪烁》（乔安娜·瑟戴尔 著 王梦达 译）

[丹麦]《关于同一个男人简单生活的想象》（海勒·海勒 著 郗旌辰 译）

[冰岛]《夜逝之时》（弗丽达·奥·西古尔达多蒂尔 著 张欣彧 译）

[丹麦]《短工》（汉斯·基尔克 著 周永铭 译）

[挪威]《在我焚毁之前》（高乌特·海伊沃尔 著 邹雯燕 译）

[丹麦]《童年的街道》（图凡·狄特莱夫森 著 周一云 译）

[挪威]《冰宫》（塔尔耶·韦索斯 著 张莹冰 译）

[丹麦]《国王之败》（约翰纳斯·威尔海姆·延森 著 京不特 译）

[瑞典]《把孩子抱回家》（希拉·瑙曼 著 徐昕 译）

［瑞典］《独自绽放》（奥萨·林德堡 著 王梦达 译）

［芬兰］《最后的旅程：芬兰短篇小说选集》（阿历克西斯·基维 明娜·康特 等著 余志远 译）

［丹麦］《第七带》（斯文·欧·麦森 著 郗旌辰 译）

［挪威］《神之子》（拉斯·彼得·斯维恩 著 邹雯燕 译）

［芬兰］《牧师的女儿》（尤哈尼·阿霍 著 倪晓京 译）

［瑞典］《幸运派尔的旅行》（奥古斯特·斯特林堡 著 张可 译）

［芬兰］《四道口》（汤米·基诺宁 著 李颖 王紫轩 覃芝榕 译）

［瑞典］《荨麻开花》（哈里·马丁松 著 斯文 石琴娥 译）

［丹麦］《露卡》（耶斯·克里斯汀·格鲁达尔 著 任智群 译）

［瑞典］《在遥远的礁岛链上》（奥古斯特·斯特林堡 著 王晔 译）

［挪威］《珍妮的春天》（西格里德·温塞特 著 张莹冰 译）

［瑞典］《萤火虫的爱情》（伊瓦尔·洛-约翰松 著 石琴娥 译）

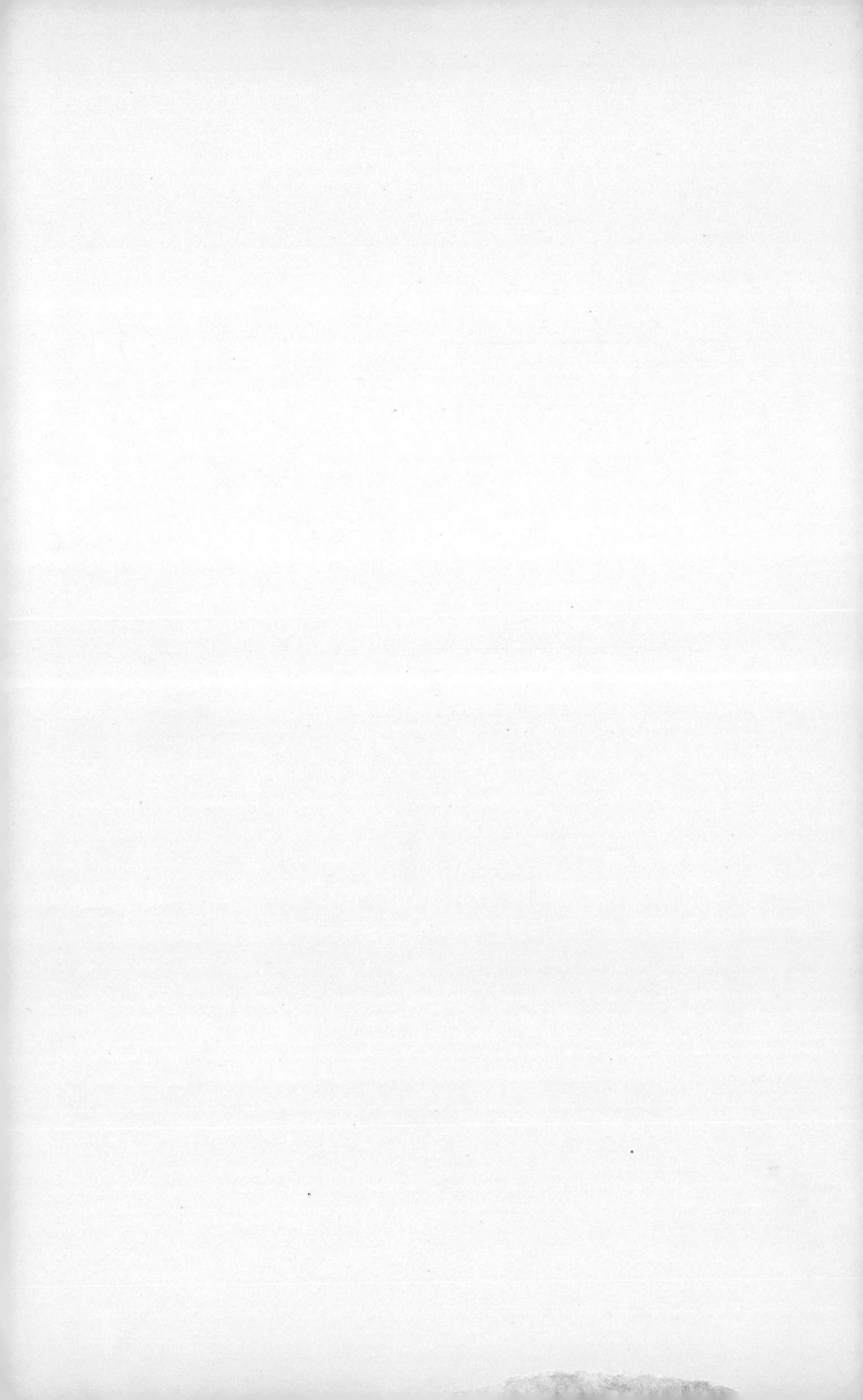